明るい方へ

父亲 太宰治 与 母亲 太田静子

[日] 太田治子 著 吕灵芝 译

向着光明

新星出版社 NEW STAR PRESS

目 录

001 / 下曾我

101 / 斜　阳

231 / 萌　芽

下曽我

1

走出JR御殿场线下曾我站的检票口,八月炙热的午后阳光已经开始不那么刺眼。这是阔别十年的故土。

昭和二十二年十一月十二日,我出生在当时还属于神奈川县足柄下郡的下曾我。直到昭和二十六年春天母亲重病住进东京的医院,我一直都与她在这里相依为命。

对于下曾我的记忆,我只能想到一些如同梦境的碎片。然而我还是觉得,这里是我最眷恋的土地。

尽管我一直想到下曾我看看,而今,距母亲离世已经二十余年,我造访此地的次数却屈指可数。

下曾我站还是跟三十年前我与母亲来时一样,单线轨道旁只有一座小小的木质站楼。屋顶发黑的瓦片和站楼柱子,仿佛都与当时一模一样。

离开车站走向眼前悄然铺开的商店街,我终于找回了儿时的舒畅心情。最近,无论多么小的车站都能见到的二十四小时便利店,这里却还没有。唯有一片老旧的木房子散落在周围。

或许因为盂兰盆休假刚结束不久,几乎所有店铺都开着门,却没有陈列商品。这座毗邻大海的小镇,最引人注目的便是鱼店和点心店。用梅子做的和果子是下曾我特产。

一阵清凉的微风拂过,我蓦然想起母亲以前对我说的话:我的父亲太宰治头一次走出下曾我站时,已经临近黄昏了。那是昭和十九年一月的某天。母亲太田静子在上一年年末刚与她母亲纪沙流落到这里。

"真是个好地方啊。"

两人并肩从车站走向母亲居住的山庄,太宰在路上反复喃喃着这句话。他们刚去探望了住在小田原医院里的纪沙女士。

"你对下曾我的第一印象怎么样?"

正读大学的女儿万里子就走在我身边。

我们一过中午就从小田急沿线的住处出发,乘坐小田急小田原线到松田站下车,再转乘御殿场线,到下曾我站全程只花了一个半小时。比我想象的要快。

"没想到这里田园气息这么浓郁。"

她眯着眼睛说。这孩子,平时常常叫嚷着要住到乡下去。

"空气很好吃吧?"①

我不假思索地说完,心里突然慌张起来。这是《斜阳》里的对话。同时也是母亲交给太宰的日记中的文字。

《斜阳》是根据太田静子的日记写成的。

"那个词好新奇,真像太宰治的风格。"

曾有人这样对我说。

---

①除此处用张嘉林译文版本外,此书中其他《斜阳》的引文均采用陈德文译本(太宰治《斜阳》,陈德文译,重庆出版社,2013年)。此处考虑到下文提到"那个词好'新奇'",而陈德文本则用"洁净",前者更为恰切,故采用张嘉林的"好吃"一说。
本书中的引文,除脚注标明的作品外,其余均为自译。后同。

我忍不住回答：

"那是我母亲的话。"

母亲并不认为自己是世人所说的《斜阳》角色原型，而是帮助那部作品诞生的助手。

"我觉得，那是我们一起创作的纪念作品。"

她是这么说的。

《斜阳》有太多地方直接用了母亲的文字。并非一词一句，而是常常引用一大段，且百分之九十九都未作改动。

尽管如此，这部作品还是因为太宰在最后写的和子的信，摇身一变成了小说。

    生下所爱的人的儿子，养育他成长，这就意味着我道德革命的完成。

    私生子和他的母亲。

    我们将永远同旧道德战斗到底，我打算像太阳一般活着。

和子的信中洋溢着对未来的希望,她还能与孩子一道迎接明天。

我认为,《斜阳》是一部明朗的小说。即便是太宰融入自身灵魂,以和子弟弟直治之名写的遗书,也未能抹杀它的明朗。不仅如此,我甚至认为那封遗书更突出了女主角的明朗。

"我想写出契诃夫《樱桃园》那样的小说。"

太宰曾对母亲这样说。母亲也很喜欢契诃夫,仰慕他稳重沉着的风范。

她对太宰说出心中想法,却换来了一张突然阴沉的面孔。我想,即便对方是心底敬爱的作家,他也希望有人称赞自己更好吧。和子信中写的 M·C,其实是 My Chekhov 的缩写。

"我母亲就像《樱桃园》里的郎涅夫斯卡雅夫人。"

太田静子的一番话,必定让太宰脑海中涌出了日本《樱桃园》的图景。

契诃夫晚年剧作《樱桃园》的结尾很明朗。夫人最珍重的樱桃园被卖掉了,可是她在女儿安尼雅的鼓励下,两人一起走向了新世界。我想,太宰最初可能也想把《斜阳》写成一部透着希望的作品。

昭和二十二年十二月,新潮社出版了《斜阳》单行本,当时我才出生不到一个月。半年后,太宰投水自尽,《斜阳》一转眼就成了最畅销小说。

母亲带着还是婴儿的我住在下曾我,打算以创作小说为生。家里人都责备她与有家室的作家生了孩子,她便主动断了亲缘。

我想,母亲一定是把和子最后那封信,当成了太宰写给我们母女俩的遗书,并凭着这个信念支撑了下来。

有人说:"把小说与现实混淆实为荒谬。"然而太宰治正是将小说照进现实,为文学而献身的小说家。我想,他一定坚信小说必须与现实相同。

《斜阳》创作完成时,我还在母亲肚子里。我总觉得,若太宰对母亲和尚未出生的孩子毫无眷恋,那封信也就不会闪闪发光。

当时母亲心中并不存在信中所谓"道德革命"那般决绝的信念。然而决定写小说为生,反倒遭受挫折,散尽钱财罹患重病，陷入山穷水尽之境，这对一直过着无忧无虑的大小姐生活的母亲来说，应该算是革命的必经之路吧。

我认为，《斜阳》是跟《樱桃园》一样的喜剧，就像和子信中的 M·C 可以从 My Chekhov 变换成 My Child，再摇身一变成了 My Comedian。

站在断崖绝壁上，天真的女主人公坚强地想要生下孩子。那绝不是毁灭的姿态。她将平安成为一名母亲。

　　落日
　　落日在石岸边晕开，藏入松林里。女人产下了胎儿。

我想起了母亲在昭和九年二十岁时出版的诗集《衣裳之冬》中，富有超现实主义色彩的诗句。

仔细想来，《斜阳》的和子即便处在战争这个令所有人窒息的状况下，也独自一人活出了不同的精彩。她并没有甘于如羔羊般屏息静气地苟存。

这一切，完全是太田静子在日记中的姿态。把院中蛇蛋当成毒蛇蛋，与邻居孩子一同点火焚烧；在"灯火管制"中看见浴室着火，惹出不小的事端，这些都是母亲日记中的内容。

在下曾我山中劳作时也一样，所有人都穿着传统劳作服，唯独母亲踩着凉鞋，穿着洋装。据说一同参加劳作的作家尾崎一雄夫人松枝太太，看到她也吓了一跳。我想，那在大战中必然是典型的"非国民"模样吧。

母亲是个自由主义者。十二月八日即珍珠港事件后，她硬是去学了法语和洋装裁缝。据说还反复习读了罗莎·卢森堡的《国民经济学入门》和冈义武的《近代欧洲政治史》。对于她来说，这些并非装点门户，而是深入学习。

然而，我并不认为母亲穿着洋装参加劳作，是出于非常明确的反抗军部意识。那可能仅仅是单纯的，不愿意对军部言听计从的心情。因为她在家里从来都是穿着和式短衣裤下地劳作的。据说她还曾下决心，今后要一直替病弱的母亲操持家务。

日本战败那一年年末,她的母亲去世了,彼时她才对太宰有了新的感情。

太宰当时与家人疏散到了家乡津轻,母亲给他写了一封商谈的信。是像英国女作家曼斯菲尔德那样,结婚以后继续小说创作;还是彻底放弃文学,只考虑结婚;抑或从此继续作为 M·C 先生的情妇生活,母亲在信中询问了自己该选择的道路。

这是她头一次使用"M·C"这个缩写。母亲还说,如果他回复"结婚吧",她就真的会结婚。因为两人一直都保持着柏拉图式的关系。

母亲把信寄了速递。

太宰连续给她发了两通电报。

　　我命何哀

这是第一通。

那是何等装腔作势的文字。但我想,母亲一定满心陶醉地抱紧了电报条吧。两个小时后,第二通电报来了。

无须忧心生活 信中谈 治

母亲的心愈发敞亮了。
第二天收到的信上,写着"生活之事"。

　　你居住的下曾我,不是个好地方嘛。且多住些时日,静观天下形势罢。我自然也会拜访,彼时再与你商讨百年之计。莫要慌张。你一人的生活,总有办法过下去的。就放心罢。
　　请再给我来信。再见。
　　保重身体。

　　太宰是否真的有那个自信,认为母亲一人的生活无须担忧呢。若他的话出自真心,倒让我觉得,他确实怀着明朗乐观的心态在考虑自己与太田静子的将来。

2

我的母亲太田静子出生于大正二年八月，比津轻新兴大地主的儿子太宰治小四岁，是近江湖东爱知川町的诊所医生之女。她与《斜阳》女主人公的不同之处，只在于不是贵族。

太田家十几代从医，祖先还当过大分中津藩的御殿医，后来到宇佐开了医馆。到毕业于长崎医学校的祖父文督这一代，又与本家的医生一家迁徙到了近江，并各自在湖东不同的地方开了诊所。

他仅仅因为"位于日本最中央，没有洪水也没有地震"的理由，就把整个家族迁到了毫无渊源的近江。我想，那恐怕是个对土地没有丝毫眷恋的自由家族吧。

据说祖先放弃御殿医一职,是因为美貌的妻子被主君夺走了。

"太田一族今后不可娶貌美者为妻。"

祖先自此留下了这个家训。

我想,那个家族里一直流淌着不屈服于权力的自由血液。

母亲的父亲太田守,是现在大阪大学医学部的第一批毕业生。正应了"医者仁术"这句话,他是个性格极为温和的人。母亲一直管他叫"太田守先生"。在"守"这个字上,她还会带点鼻音。

"守先生平时都是开电动车出诊的。那辆车很可爱,活像个玩具。"

母亲曾高兴地对我说。

我家旧相册里有一张相片,上面正是坐在小汽车上,宛如"大黑天"那样浑圆有福气的守先生。如今被吹捧为环保先锋的电动车,在昭和初年的日本仅有寥寥几辆。在此之前,守先生开的是一辆奥斯汀汽车。

母亲进入东京实践女子专门学校家政科后,守先生马上去了东京。他说想在银座开车兜风。然而因为道路不熟，副驾驶上载着母亲的车卡在了四丁目的转角。据说那天警官朝他们发了好大的火。

母亲那调皮的性格，说不定是守先生的遗传。

她对自己母亲也称呼全名，叫"太田纪沙女士"。

太田纪沙女士是位恬静的女性，骨子里却潜藏着无限胆量。守先生突然去世后，她毅然卖掉近江将近三千坪[①]的房子，来到了孩子们居住的东京。

母亲与弟弟太田武在东芝公司的同事结婚后，不到两个月就分居了，当时她生下了一个女婴。天生体弱的女儿满里子不久后就感染肺炎离开了人世。

"因为我不爱丈夫，满里子才会死去。"

母亲烦恼道。那是一场违背自己内心，纯粹被对方热情所吸引的婚姻。后来即使想离婚，满里子的出生也使她不得如愿。

因为受了旧式女子大学教育，母亲甚至想到了死。

---

①坪，日本传统计量单位。1坪≈3.3平方米，3000坪相当于10000平方米。

她还在隆冬之夜大开着窗户,坐在婴儿枕边直到天明。这以后成了她痛苦的根源,因为孩子极有可能就此感染了肺炎。她确信,满里子代替自己死去了。

离婚后,母亲与太田纪沙女士开始在大冈山相依为命。渐渐的,她开始萌生写一部作品作为害死亲生女儿独白的想法。

恰在此时,她遇到了太宰治的《虚构的彷徨》①。

是我用这只手,将阿园沉入水中。

这行文字深深吸引了母亲。啊,眼前原来是一位与我同样感到罪恶的作家。她多么想尊其为师,给他写信。

母亲很快收到了回信。

要不要到我家来玩

---

① 由《小丑之花》《虚构之春》《狂言之神》三部曲组成,下文引用部分来自《小丑之花》,刘子倩译,四川文艺出版社,2017年。后同。

母亲将那封信捧在胸前,到附近的草原上徘徊了许久。那是昭和十六年秋天,珍珠港之战即将爆发的日子。

由于缺乏独自一人前去的勇气,母亲带着两个比自己小的文学少女造访了位于三鹰的太宰家。

当她看见院子里晾晒的尿布,心里顿时凉了半截。原来这位先生已经有夫人孩子了。当时,太宰治正过着踏实的家庭生活。

不久之后,太宰散步归来。在母亲眼里,他如同一位强悍的武士,丝毫看不到书信中透露的烦恼。

而太宰眼中的太田静子,则像唯有梦中才敢想象的"梦子小姐"。不久后,他向学生堤重久提议与母亲相亲时,就是这样说的。在太宰眼中,她脸上看不到一丝烦恼。

可是两人却感到了一种互相吸引的力量。若非如此,太宰绝不会在开战十天后,突然给母亲发一封电报,写着"二时 东京车站 太宰"。

恐怕早在与她见面之前,太宰就从那封信里感觉到了某种特殊气质。换言之,他或许从信中得到了某种启发,认为这名女性能够给他带来创作灵感。而与母亲真正见面后,他的感觉无疑愈发强烈了。

我认为,此时母亲也开始觉得,"强悍的武士"或许只是太宰的众多面具之一。她是否据此认为太宰即便身在幸福的家庭中,依旧抱有害死了一个女人的罪恶感呢?

对于太宰,母亲也让我称呼他为"太宰少爷",仿佛他是童话里的主人公,着实带着"梦子小姐"般的甜美。

但我总感觉,这里面还混合着母亲特有的传统思想,认为一个"未婚母亲"的孩子,若称呼生父为"爸爸",无疑冒犯了夫人。同时我也感觉到,她想把关于太宰的沉重现实转化为童话故事,用最明亮轻松的形式传达给我。

"太宰少爷是一位很厉害的小说家。有一天,他跟一个女人掉进河里死了。所以小治儿平时要小心,不要掉进水里哦。"

就这样,她把真相原原本本告诉了我。我之所以能如此优哉游哉地长大,或许都得益于母亲的教导。而我那个"小治儿"的小名也是母亲起的,是"治子孩儿"的变音。

母亲无论多么贫穷,始终保持着开朗的性格。不,应该是表面开朗的性格。用"含泪的笑"来形容她再合适不过。

母亲大病过后,经常在目黑某仓库公司食堂流泪,她从我七岁时便一直在那儿工作。有一次还说跟她一起工作的大婶欺负她,回到家后放声大哭。她的哭声实在太大,而还在读小学的我只能愣愣地看着。可是到了第二天,她又跟那个人有说有笑地洗刷碗筷了。

"她是个好人。"

她微笑着对我说。被母亲称作"好人"的人,实在太多了。

只有对太宰,她有时称他为"恶魔",有时又会称他为"神明"。

太宰少爷作为一个"很厉害的小说家",为什么是"恶魔"呢?当时的我百思不得其解。

"因为相信太宰少爷,我照他的吩咐把日记给他了。

可是交出日记时,我真的很伤心。因为我一直把日记当作自己用心养育的孩子。"

母亲曾无数次说起构成《斜阳》原型的那本日记。幼小的我渐渐意识到,童话不知何时变成了真实故事。

"太宰少爷是个恶魔。"

我曾经这样安慰母亲,却见她把大眼睛瞪得更大,对我发起火来。

"不,他是神明。他让我也活在了《斜阳》里。"

每次这样说完,她都会变成颤抖的哭腔。我看着那样的母亲,十分苦闷。倒是母亲说出"他是恶魔"时的样子更加开朗精神,让我更为喜欢。每次那样说的时候,她的声音都跟训斥我的时候一样大。

我跟女儿沿着下曾我半梦半醒的商店街行走,脑中突然回想起母亲高亢的声音:"太宰是恶魔。"大概在我上初中的时候,母亲开始渐渐直呼他为"太宰"了。这个称呼更干脆利落。

走到商店街尽头,我开始不认识路了。我们打算到我出生的房子看看。那里如今已彻底荒废,只剩下竹篱围起的大门,还勉强留着一点痕迹。太宰头一次来时,曾说这里就像古老童话《舌切雀》里的麻雀之家。

十年前,为了制作一部NHK纪录片,我有机会走进这座早已无人居住的房子。当时这里还没有荒废成现在这样,仿佛还留着一丝温暖的烟火气。后来,住在对面的西久保夫妇时不时与我通电话,告诉我房子又发生了什么改变。

这一天临近中午,我突然给西久保家打电话,表示想带万里子去问候他们。

"到车站后给我们打电话。"

尽管夫人真主枝女士如是说,我还是忍不住迈开脚步,走向了商店街。

"前面不远处有一条小马路。请穿过去。"

果然如真主枝女士所说,穿过人行横道后,我的记忆马上复苏了。前方赫然矗立着宗我神社的水泥鸟居。

直到二十几年前,小说家尾崎一雄夫妇还住在那座鸟居附近。母亲当时在金钱和健康都渐渐流失的困境中坚持小说创作，而尾崎老师作为同住下曾我的街坊，时常为母亲提供帮助。就连被丹羽文雄斥为"天真"的小品文《园子的绣球》，尾崎老师也赞赏有加。

  我想把它比作清晨或黄昏悄然盛开的，娇柔美丽的花朵。

多么慷慨的赞扬啊。

太宰曾经对尾崎老师的夫人松枝女士仰慕有加。他还对母亲说，希望她能像松枝女士那般天真烂漫。而这样的松枝女士，也为母亲的纯真清澈吃了一惊。

万里子出生不到一个月时，我突然很想到下曾我看看。当时的丈夫开车带我去了。

"呀，小治儿也成为母亲了。真的像做梦一样。"

松枝女士轻抚襁褓中万里子的小脸，双眼含泪。

当时，尾崎老师已去世四年。在他去世前一年，比尾崎老师小十四岁的母亲先离开了人世，随即老师就给我写了一封信。

　　你要用勇气，与这不幸对峙。

　　他给我留下了这样一行豁达的文字。当时我怎么都想不到，尾崎老师会在下一年与世长辞。
　　看上去一直健康开朗，与母亲同岁的松枝女士，也在2007年春天离开人世，去与尾崎老师团聚了。

　　"万里子其实来过一次下曾我哦。"
　　"我不记得了。"
　　"那当然了，当时你才刚出生。"
　　我想起，看见松枝女士抱着万里子那一刻我的万分幸福。而我身边，就是万里子的父亲。那时我们结婚刚满一年。我在包裹自己的幸福中，思量着独自抱我到神社参拜的母亲彼时该多么孤独。
　　从宗我神社参拜归来，母亲去了尾崎老师家。走到玄关来迎客的松枝女士一眼看到襁褓里的婴儿，便忍不

住高声说:

"呀,跟太宰先生一模一样呢。"

母亲后来告诉我,松枝女士短短一句话,让自己心中一暖。

那已经是半个世纪前的回忆,而松枝女士怀抱万里子也已经过去了二十年。然而于我而言,这两件事仿佛都发生在昨天。

如今我也像曾经的母亲那样,跟女儿两人相依为命。万里子升高中后,我就与丈夫离婚了。现在,是我的心最明亮的时刻。

沿着鸟居旁的小径向左转,左边就是城前寺的石阶。这座寺庙非常出名,因为替父报仇讨伐工藤祐经的曾我五郎、十郎就长眠于此。

母亲说,小小的我曾经穿着红色长靴,一级一级地缓缓走上这段石阶。

由于母亲心劳过度不出奶,住在寺里的小亚就成了用奶水哺育我长大的第二个母亲。小亚常年在近江太田医院工作,是个惹人喜爱的少女。昭和二十二年春天,母亲还未怀上我的时候，小亚一家就从近江迁到了东京。从那以后，她就与丈夫柏冈先生一道，在下曾我尽心尽力地照顾母亲。

比小亚年长六岁的母亲，即使在成为"未婚母亲"后，依旧是个不谙世事的大小姐。

我出生没多久，小亚就生下了第二个孩子。除了小亚的奶水，母亲还想过喂我喝山羊奶。她被附近的农民巧言蛊惑，花很多钱买下了一只山羊。然而即使每天抚弄山羊的乳房，都挤不出一滴奶水。

后来小亚才发现，那原来是一头公山羊。

太宰死后三个月，八王子家事法庭送来了放弃遗产的申诉书。大约三个月前，井伏鳟二、今官一和伊马春部就作为津岛家的代理人，拿着誓约书来过下曾我。誓约书上白纸黑字写着，愿意收取十万日元现金，承诺今后不对津岛家提出任何金钱权利等要求。那十万日元不到半年就花得一干二净。尽管如此，母亲依旧以需要写稿为理由，请了保姆来打理日常生活。尾崎老师推荐发表在文艺杂志上的几个短篇，全都没能得到认可。甚至她怀疑老保姆偷了毛毯,实际真凶却另有其人这个取材现实的短篇故事《老奶奶与牛尾巴》也遭到了漠视。现在读来,其实并没有如此糟糕。所以我觉得,她起初遭到的冷遇,多半是因为太宰治情妇的身份。那时,母亲已经失去了暂时销声匿迹等待风头过去的冷静。就连发现《小说、太宰治》这本冒充母亲名义写的书时,她也只是呆愣着没有什么反应。

母亲当时的姿态,像极了渐渐被逼上绝路的负伤小鹿。她一直居住的山庄有了新的住客。就在母亲束手无策之时,庭院一角的小屋映入了眼帘。于是,她便在小屋里挂上太宰的照片,带着尚未记事的我开始了隐居山林的生活。翻开当时的相册,可以清楚看见我年幼的面庞日渐消瘦。

一直被我称呼为小亚的柏冈美惠子女士,于二〇〇七年患肺炎去世。留在下曾我的几个记忆碎片,仿佛模糊成了梦中的光景。

3

我与万里子顺着弯曲的坡路,走向那间废屋。

过去这里曾是一条铺满砂石的小路。在那业已远去的日子里,我被母亲和小亚牵着手,兴高采烈地走向车站。

我们要坐上火车,到东京去了。

我当时只有三岁零四个月,下曾我的生活对我来说只是一些模糊的记忆碎片,唯独这个记忆却异常清晰。母亲披着黑底红色山茶花纹的羽织,脸上带着微笑,看起来无比温柔。

"妈妈要带我去东京吗。现在就去吗。小亚也一起去吗。"

我兴奋地重复着同样的话。

当时我还什么都不知道。其实母亲那次是去东京逓信医院接受很复杂的腹部恶性肿瘤手术。那天是她在下曾我最后的早晨。母亲已经做好了死的准备。

得了这么重的病。无尽的天空，落下悲愿与梦想的飞瀑，只留下静谧的心死。

在昭和二十五年三月的日记中，母亲写下了这样一句话。"静谧的心死"之后，她又用凌乱的字迹写下了对太宰的思念。

如果我死了，治子该怎么长大呢？太宰会在天上守护着孤零零的治子吗？我到死都不会知道答案，这让我感到痛苦不堪。若他真的深爱我，必定会守护治子。可是，若他早已对我没有爱恋……不，不可能。尽管已经决定了要死亡，依旧会感到迷茫。我没有自信。

最后那句"我没有自信"至今读来仍让我心中一颤。母亲为何会如此丧失自信呢?

从我出生到太宰投河,中间大约有七个月时间。在此期间,太宰未曾踏入下曾我一步。我认为,他应该是想来却不能来。

"若与'斜阳之人'相见,我定会死。"

太宰曾对新情人山崎富荣女士这样说。

他来到毗邻下曾我的热海旅馆时,也曾提议见见母亲和襁褓中的我。这件事被山崎写到了日记中。当然,山崎女士是不愿意的。在热海停留期间,她也片刻不离地跟着太宰,使他难以单独行动。

太宰治氏 正于热海执笔创作长篇

看到这样的报纸标题,母亲无疑会联想,他一定会到下曾我来看我们。然而她可能做梦都没想到,山崎女士可能也会跟来。

当母亲意识到太宰不会来之后,立刻发起高烧卧床不起。这样的女子之心何其悲哀。做女儿的我被难以忍受的悲悯和慨叹吞噬。

"明明已经生下了孩子,你却一心只想着太宰。就算再怎么痛苦,这种时候也该作为一个母亲顽强地生活下去吧?"

我多想对当时的母亲大声说。

为母亲看病的医生说,母亲心脏十分虚弱,应该是受到了非常强烈的心理打击。奄奄一息的她,终于忍不住给太宰发了电报。

静子 病重

太宰马上汇来了一万日元的电报汇款。在这方面,山崎女士倒是会按照太宰的吩咐认真处理。曾经是个优秀美容师的她,彼时已经成了太宰的优秀秘书。

"山崎女士一直陪伴太宰到了最后。因为太宰是个懦弱的人,没办法一个人死去。"

母亲曾经这样说。

得知母亲怀孕的太宰,曾对她说过:"这样就不能一起死了。"读到母亲的日记前,太宰曾构思过《斜阳》的另一种故事:那时他脑海中的想法是,以故乡津轻为舞台,让很像太宰治的主人公和很像太田静子的女性在小说中殉情。

母亲认为那实在太阴郁了。

"如果太宰叫妈妈一起死,你会跟他一起吗?"

长大后,我曾经问过这个问题。

"如果没有生下你,可能真的会跟他一起死。当时我觉得,我是个很怕死的人,所以跟好几次尝试自杀的太宰在一起,一定会不再害怕死亡。后来我发现,太宰其实比任何人都害怕死亡。"

母亲这样说。

尽管如此,那个时候的母亲却一生病就给太宰发了电报,冒着被人怀疑求财心切的风险和无奈。

新潮社刚出版的《斜阳》销售状况喜人,当时的太宰也算成了一位流行作家。尽管如此,在每晚恣意饕餮的情况下，不断汇钱应该是挺困难的。当时美知子夫人带着三个孩子，想必身心俱疲。然而，当时的母亲并不清楚那个情况。主动断绝了家族关系的母亲抱着刚出生不久的我，只能依靠太宰维持生活。

或许，太宰那封"无须忧心生活"的电报让她信以为真。更重要的是，她还天真地认为，自己是创作《斜阳》的助手，理应拿到《斜阳》的一部分版税。

钱一汇到，母亲就给太宰写信道谢，甚至毫不在意第一个拆开阅读的人并非太宰，而有可能是山崎富荣女士。

母亲怀孕四个月的时候，曾经去东京找过住在三鹰的太宰。她想直接与太宰商量今后的事情。还带着比她小五岁的弟弟通。

久违的太宰在母亲眼中显得如此陌生。当时他与山崎富荣女士的关系刚刚开始，而《斜阳》已经与怀孕的母亲一道，在太宰心里画上了句号。他的恋情也必须在这里完结。

只要读了《斜阳》里和子最后那封信，就能清楚地理解这点。

> 看样子,您也把我给舍弃了。不,是逐渐忘却了。
> 然而,我是幸福的。我的心愿实现了,我怀上孩子了。如今,我感到失去了一切,可是,肚子里的小生命,正是我孤独微笑的动力。

与和子态度的平静相比,现实中的母亲却因太宰的变化而噙满泪水。

久违的太宰身边,时刻跟着新潮社责编野原一夫及山崎女士。母亲怎么都找不到两人独处的时机。这是太宰刻意安排的。

坐在一群酗酒狂欢的男人中间,母亲只能低头不语,当时对内情一无所知的山崎女士还邀请她一同到别的房间吃乌冬面。母亲当时动情于这位女性的善解人意。她万万没想到,眼前这位女性刚与太宰建立了非同一般的亲密关系。在她眼中,山崎女士恐怕只是一位脸上没有脂粉气息的严肃女性吧。

另一方面，山崎女士也只把太田静子当成了《斜阳》的日记提供者。因为太宰只对她说了这些。若当时山崎女士知道眼前这个一味低着头的女性腹中怀着太宰的孩子，不知会作何感想。

太宰非常害怕。但他还是应该说出完整真相。那样一来，说不定就能缓和我的出生对山崎女士造成的打击。

知情后的山崎女士千方百计地阻止太宰与太田静子、治子见面。她日记中透露的那种激烈感情，大概与太宰此前只字不提有关。

与此同时，母亲在得知两人关系后，依旧没有改变对山崎女士的想法。她心里只有山崎女士代替自己照料了一切的安心感，从未有过半点嫉妒之情。母亲之所以常给两人在三鹰的住处发电报，就是因为这种感情。她做梦都没想到，自己的孩子出生后，两人会爆发出前所未有的内心冲突。

关键在于，母亲是个艺术至上主义者。在这一点上，太宰与她一样。对他们来说，艺术高于恋爱，恋爱存在于艺术中。理解了这种观念，似乎也就理解了为何母亲会对山崎富荣女士毫不介怀。

当时母亲心中也尚不存在对美知子夫人的歉意。因为她认为,或许能让美知子夫人将这件事理解为孕育艺术的行为。

然而,太田静子的心却超越了"存在于艺术中的恋爱"。即使在《斜阳》完成之后,她也未能抹消对太宰的爱恋。

"好想你,好想你,你能再到下曾我来看我吗?"

她心中只有这一个想法。太宰为何不再出现,思考这一问题的余裕,早已被炙热的恋情排挤掉了。

　　人就是为了恋爱和革命而活着。

《斜阳》中这句极富象征意义的话,也是直接从母亲日记中摘抄下来的。我认为,母亲写这句话时,并没有理解那两样东西真正的重量。

革命即是罗曼,与炙热的爱恋相通。然而成为"未婚母亲"这一道德革命,是永远不可能推动那两者的。

母亲正是因为不明白这点,才陷入了痛苦之中。

母亲说,她是带着因违背道德而受重罚的心情接受腹部大手术的。当时她才第一次有了考虑美知子夫人苦楚的心情。与此同时,她似乎也动摇了自己为太宰所爱的自信。

"静子做的事情,唯有在二十年后,你一个人将孩子抚养成人之时,方能为世间所认可。"

母亲告知怀孕一事时,太宰用平静的语气这样对她说。考虑了母女俩二十年后之事,然后死去的太宰治,不知是否也曾考虑过,自己死后那几年,母亲作为一个女人将要面临的痛苦。

证明:

太田治子

这是我的爱女

望你能够健康成长

并为父亲骄傲

　　　　　　　　昭和二十二年十一月十二日

　　　　　　　　太宰治

我虽然很想尽数太宰的不足之处,还是对专门为我写下这些文字的父亲充满感激。在富荣女士面前写下这几行字,对太宰来说恐怕需要做出舍命的准备。

当时同在一间屋里的野原一夫注意到,太宰书写证明书时侧脸仿佛挂着温和的微笑。他在《回想太宰治》中,提到了这个场景。

母亲告知怀孕一事时,太宰轻抚着她的头说:"静子做了一件好事。"然而在熟识的诗人面前,他却哭诉着"这女人怎么这么快就怀上了"。我想,当时的太宰与死前一样,陷入了混乱。

"太宰先生跟正房夫人生了三个孩子,我觉得他不会想要别的孩子了。"

母亲曾听弟弟的新婚妻子如是说。第一次去三鹰太宰家时,这个比她小的女孩子也一起去了。母亲其实也有这种感觉。所以,大约一周后太宰给她发出希望见面的电报时,母亲似乎既高兴又担忧。

太宰站在两人约定的东京站花店前,披着和式斗篷,看起来有点法国演员的味道。之前在他家见到的武士印象完全消失了。母亲那天早上恰好听了舒曼的《克莱斯勒偶记》,眼前的太宰让她不禁联想到如那首曲子般温柔的绅士。

那天,两人在新宿武藏野馆看了西蒙妮·西蒙的《女人湖》。二十世纪二十年代前后,母亲在京桥的国立近代美术馆电影中心看过这部战前拍的电影。娃娃脸的西蒙妮·西蒙与母亲有点神似。当时母亲边看边哭,后来还告诉我,那部电影她反复看过好几次,实在太让人怀念了。同时她也说,小时候教她学习新短歌,又兼具洋画家身份的六条笃先生也很喜欢那部电影。他专门为母亲作了一首诗,题为《这是牛奶浇灌的花儿》——"这是牛奶浇灌的花儿/在水曜飨宴的缓流上/印下闺影/引来众多议论与赞赏/我的西蒙妮·西蒙啊/花儿轻触你的指尖/以散落为永别/徒留黄昏的指纹。"

确实,我的母亲即使在满脸皱纹的年纪,依旧保留着那种牛奶气质。这也让我这个女儿时常烦恼不已。因为我憧憬的,是更加坚定凛然的女性。然而我明白,太宰也是被她这种气质吸引了。

看完电影后,两人走进咖啡厅,太宰听母亲诵读了那首诗,说要抄在自己的笔记本上。诗读完后,太宰脸上泛起了红晕。

"从今天起,你就不是一个人了。我把我的命交给你,所以你的责任会变重哦。"

或许是出于对六条先生的反抗,他突然说出这样的话。

话说回来,头一次约会就说这种话的男性,在我看来有点过于装腔作势了。而且太宰当时还有妻室子女。我倒是想反问,那你的责任跑到哪儿去了?或许他认为,这也是艺术世界的一种行为吧。

母亲完完全全接受了他说的每一个字。想到她这样的纯真,我突然忍不住要说太宰的坏话。

太宰治告诉母亲,为了等她,他在花店门口站了一个多小时。当时他盯着眼前那些淡紫色的无名花朵,想到不知佳人是否会来,甚至很想哭泣。这样一想,这个男人又有点让人恨不起来。

"为了纪念,我想写一本最美的小说。"

太宰《斜阳》里的序幕,就是由那淡紫色的花儿拉开的。

那是太平洋战争刚开始不久的冬天,头一次落下冷雨的日子。恰好一年后,母亲就跟随太田纪沙女士疏散到了下曾我。

4

在东京站检票口道别时,太宰说:

"再见,别忘了给我写信。"

他还说:

"四五天后,告诉我一个合适的时间地点。"

一起看电影、喝茶,那场跟今日男女别无二致的约会,是太宰用电报提出的。他的言外之意是,下回轮到你约我了。

这是典型的太宰性格。那是一种自己先抛骰子,然后静观对手如何应对的被动姿态。好一个狡猾的太宰。

如果真的喜欢一个人,自己主动写信不就好了吗?为了诱导女孩主动喜欢上他,太宰着实费了一番功夫。

我最讨厌这样的男人。那种表面讨好对方的做法，恰巧说明自己心中并没有任何紧迫感。

也就是说，他并非百分之百动了心。正因为心里还存在着一定的冷淡，才会说出那种话来。

在作为小说家的太宰治看来，那也是为了尽快读到太田静子的信。尽管她究竟会给自己写些什么还是未知，他还是预感到，那封信能用到小说当中。《藤十郎之恋》的幕布已经拉开了。我的母亲太田静子，却还对此毫无知觉。

"我把我的命交给你。"听着太宰酸掉大牙的话，母亲如入梦境。

在检票口，太宰告诉她：

"你要转过头向前走。千万不能回头。"

昭和二十五年，太宰友人檀一雄先生上下打点出版了《我的悲歌》，母亲在书中写下了当时的光景。遵照太宰的吩咐，她直直地大步向前，心却留在了背后那个人身上。

我想，太宰一定乐于看着母亲如同幼女般无助的背影。他一定心满意足地想:很好很好,这下她就会对我言听计从了。

母亲说,《我的悲歌》虽是一部小说,太宰说的话却完全真实。那着实是本甘美又毫无防备的书。

母亲甚至遵照责编的吩咐,写出了与太宰同床的场景。那些文字,成了她毕生的污点。

深深藏在我家壁橱深处的那本书,只有那几页被她亲手撕去了。尽管知道那些文字已经不在上面,我依旧不想翻开《我的悲歌》。

对我而言,父亲与母亲多年以前的恋爱故事已经不重要了。我活在当下,只想考虑眼前。

母亲还很后悔只让太宰治一个人用了真名,自己则化名为"园子"。当然这也是出版社为了畅销而提出的要求。

现在读来,我依旧觉得这是个错误。既然要书写事实,就应该做好心理准备,从自身跳脱出来,用真名进行书写。

这一切都因为太宰死后不久,母亲就没有了钱,实在无法照顾自己和年幼女儿的生活。在性格爽朗的九州男子檀一雄先生的关照下,她好不容易把书出版了。

然而很明显,当时母亲并没有写文章的心理准备。

母亲去世后,我看见壁橱深处露出这本书的蓝色封面一角时,心情立刻沉了下来。那有种触碰母亲旧伤口的感觉。不过这回我总算鼓起勇气打开了这本书。如我所料,母亲当时的单纯让我感到万分悲痛。

虽然这本书是她在太宰死后第二年写的,她对太宰的思念,较之前反倒更加强烈。

"你要转过头向前走。"

一想到那句临别之言的深意,她的心情就难以平静,正是在那种状态下母亲写了这本书。

"我想重写《我的悲歌》。"

晚年的母亲曾经对我叹息道。

母亲对我说,我只想留下真实,如果我做不到,就由你来完成。如今我虽然写着这些文字,却始终有种感觉,仿佛自己一直在逃避真实。

那么,太宰治和太田静子的心境,究竟是什么样的？我越来越想冷静地审视这两个人。《我的悲歌》中时不时能看到母亲毫不遮掩的真实心情。

"那位先生是真心的吗？他明明有夫人和孩子，为何还要说那种话呢？"

她在床上边哭边想。连她自己都不明白为何会流下泪来。她还在书中写道，并不认可爱上了太宰治的自己。因为她认为，恋爱只有在通往婚姻这一条道路上才能得到认可。

从文字中就可看出，母亲是那种完完全全抱着旧式女子大学思想的人。然而正如那句"刚才流泪的乌鸦已经笑了起来"，第二天早上，她便如同雨后的鲜花那般活力十足了。她在那种高昂的心情中写了一封信：后天下午两点，在新宿站候车室等您。那是一种遵守了约定的骄傲心情。

"这次的来信太早了。"

约会当天，先行等候在候车室入口的太宰，一开口就说出了这句话。当他离开三鹰家中时，美知子夫人用严厉的声音问他：

"您这是要到哪里去？"

听了太宰的话，母亲眼中顿时噙满了泪水。

随后两人便结伴进了电影院。当时正在上映《次郎物语》，原作是下村湖人。穿着短小扎染和服的次郎因为想见乳母，边跑边回头。那惹人怜爱的小小身影让母亲联想到幼年的太宰，一时间又流下了眼泪。她边哭边想：太宰不想见我。于是哭得更厉害了。

待母亲回过神来，发现太宰在她旁边哭得比她还厉害。

每次说起这件事，母亲眼中都会含着泪水。

母亲每次看到电视剧里稍微有点悲情的场面，马上就会流下泪水。她那孩子般的哭泣面庞看起来十分有趣。一次我正出神地看着，母亲却突然发起火来。

"你真是个无情的孩子。不仅不流泪，还看着我的脸，把长辈当成傻瓜。"

我那样看母亲哭泣的脸，确实显得冷淡而恶劣。我感觉在这方面，我与站在东京站检票口凝视母亲背影的太宰是相通的。

不过太宰跟我不同，是个轻易流泪的男人。我之所以成了这么一个很少流泪的孩子，可能是因为有个轻易流泪的母亲吧。

不过，太宰治为何会对着《次郎物语》哭得如此厉害呢？或许是因为当初与美知子夫人结婚留下的绝不背叛的誓言开始动摇，化作泪水流了下来吧。由于哭得太厉害，二人还不得不到洗手间洗了把脸。

太宰不可能把计划订得如此详尽，甚至将那场哭泣也算入其中。我挺喜欢那种放下一切架子大声哭泣的男性。而且他还跟身边的太田静子一起哭了。这让我想起竹久梦二画中那个在女人身边掩面而泣的男人。

如此爱哭的男人，肯定当不成军人或武士吧。他新婚时期那种"武士"风姿，我感觉是硬装出来的。

当时太平洋战争爆发还不到一个月，那个时候的日本，即使在电影院里，可能也看不见几个放声大哭的男人。

几个月后，太宰把爱徒堤重久介绍给了母亲。面对堤先生过于浓重的贵公子气息，比他年长的母亲有些害怕。

第二天,母亲就去了三鹰太宰家。

"我不能跟不想结婚的对象交往。"

她断然拒绝了太宰。

太宰露出了高兴的神情。他之所以介绍堤先生,恐怕是为了考验太田静子是否对自己死心塌地吧。

其实他也对堤先生说过:"她保持这个样子是最好的。"言外之意是,母亲身体孱弱,不适合写小说。但是她的文字很有灵气,可以写写日记。

母亲并不知道,太宰心里想的是有一天用她的日记作为自己写小说的材料。如果她一开始就知道,是否就不会如此爱慕太宰了?我迷乱在这番未知和猜疑中。

不管怎么说,太田静子的立场如同被蛇盯上的青蛙。或许初次相遇时,她就预感到自己心中的一切都会被太宰吸走。

"我把我的命交给你。"这句话中的"你"与"我",不知何时在母亲心中已经换了个位置。

我觉得,美知子夫人应该从太宰和太田静子的交往中察觉到了危险。因此她也非常希望母亲与堤先生的相亲能够成功。

另一方面,身为母亲的太田纪沙女士也对太宰治有着担忧。

"太宰这个名字,感觉很沉重。"

她对母亲这样说。

昭和十八年初冬,太田纪沙女士与女儿从现在的大田区南千束疏散到了下曾我,当天晚上,她就发起了烧。随后,在小田原的医院里躺了两个月。在此期间,母亲一直独自生活在那座山庄里。

"你一个人不害怕吗?"

长大后,我曾问过母亲。

"我每天都要带着水果和汤饭到医院去,为了做汤还要跑到山那边的村子里买食材,哪里有时间害怕呢。"

"你这么忙,还是给太宰写信了。"

"嗯,但那只是年后通知他地址变更而已。"

母亲这样说。

信寄出去几天后,母亲就收到了太宰发来的电报:

明日一点　小田原车站

发报局变成了热海。那天很暖和。太宰的小说《佳日》决定要拍成电影，他正在热海与人商谈此事。在回东京的路上他决定到下曾我看看，地点约在小田原车站。

"去下曾我前，先到医院看看吧。"

太宰刚见面就说出的话，让母亲慌了手脚。因为她怎么都想不到，太宰会想到医院去探望她母亲。

她对母亲说的是，今天有个女性朋友要从东京来找她。在她最喜欢的太田纪沙女士面前，我母亲总是坦诚相对，但唯独关于太宰，她会面不改色地说谎。

她实在不希望太宰到医院去，便借口说医院破旧，拖鞋上会沾染细菌。可太宰完全不在乎那些。他独自走进车站前的花店，不一会儿就走了回来，双手捧着一束鲜红的玫瑰和康乃馨。

太宰真的想见太田纪沙女士吗？实际上，他只是在病房前把花束交给母亲，自己一脸兴奋地躲在了门后，就像个玩捉迷藏的孩子。

太田纪沙女士当时正在病床上阅读太宰刚出版的《右大臣实朝》。

我感觉,他在门后把一切都看在了眼里。说不定太田纪沙女士也发现了贴在门后、身材高大的太宰。说不定,只有母亲对当时的情况一无所知。

太宰治很想见见太田静子口中那位酷似《樱桃园》郎涅夫斯卡雅夫人的太田纪沙女士,因为他打算在小说中写下《樱桃园》那种没落贵族的结局。他必须亲眼看到书中的登场人物。

他送上的玫瑰与康乃馨都红如火焰,甚至可说是并不适合探病的色彩。他用那种色彩表达的,或许是不久之后,准备以母亲的日记为材料,写出旷世杰作的热意吧。

那天晚上,太宰住在了下曾我的山庄。隔着一扇屏风,两人在卧室里并枕而眠。其间他们只接了吻。当时他眼前或许还残留着几个小时前看到的,太田纪沙像鹤一般瘦削的面孔。

与此同时,母亲则在旁边默默向太田纪沙女士祈祷,今天不要发生任何事情。

尽管心中想法各自不同,但我认为,这两个人还是纯洁的。

5

太宰治在下曾我过了一夜,第二天清晨,太田静子与他吃过早饭,一起在院子里散步。

山下麦田里泛起的朝雾,像柔软的薄纱缓缓铺开。若换作平时,从院子里应该能看到远处的森林,和更远处相模湾的蔚蓝海面。

那对母亲来说本是早已见惯的光景,然而在那一天,她却感觉自己仿佛来到了海底龙宫。至于头一次踏足下曾我的太宰,心中想必更加感慨了吧。

又或许,他在前一天黄昏踏入山庄大门,看见那如同竹篱环绕的麻雀之家,又有点类似中国寺院的山庄时,早已产生了那种感觉。来到茅草铺就的屋顶下,走进玄关大门,迎接他的是一座羊的石像。

抬头望向蓝色陶质天窗,身穿斗篷的太宰呆呆地站了好一会儿。随后,他走进客厅,在神龛的佛像前双手合十。那是一尊不知由谁制作的、高五十公分左右的小观音像。观音的相貌与法华寺的十一面观音极为相似。

"感觉就像静子站在这里。"

他自言自语般呢喃着,又小声说道。

"我想在死前写出一本跟这座佛像一样像样的小说。"

"佛像一样的小说"到底是什么小说呢?或许是肃然直立的感觉吧。不管是否低垂着头,我好像从没见过弓腰缩背的佛像。而含胸严重的太宰之前写出的那些小说,可能与佛像的从容相去甚远。

然而当时的母亲并没有想到这些。她凝视着太宰在观音像前合起的纤细精致的手,想起了第一次读《虚构的彷徨》时的情景。作者因为害死了一个女人而感到的痛苦和悲伤,化作兴福寺的阿修罗像浮现在眼前。

太田静子又何尝不像兴福寺的阿修罗像呢?她经历

了一场没有爱情的婚姻,失去了刚出生不久的孩子,并为此万分苦恼。

两个"阿修罗"在浓雾中走下庭院石阶,来到池塘边的大石上坐了下来。

"昨晚我几乎没合眼。"

太宰说。

"我一直醒着,直到外廊玻璃门露出湛蓝的颜色。阿修罗往空中伸出的四条手臂,就是我的手。"

他这样说道。太宰曾在半夜绕过隔开两人的屏风,来到母亲枕边,亲吻了一下母亲,便马上回去了。而她当时只是装睡,实际感觉到了一切。

"您还在为昨晚生气吗?"

母亲曾请求他不要更进一步。

"很好,昨晚真的很好。我感觉心灵受到了涤荡。"

太宰的声音听起来无比清澈。周围的雾气渐渐散去,现出蔚蓝的晴空。

"静子跟我在一起,什么时候感到最快乐?"

母亲听了他的话,马上想到曼斯菲尔德《共同眺望之人》里的文字。

"我最喜欢现在这样,两个人静静地坐在一起。"

他的侧脸如佛像般宁静。

母亲曾无数次提起那天早上两人的对话。她说,如果两个人彼此珍重,就不应该过早同床共枕。不知何时,那些话成了对我这个女儿的道德教育。我在成长过程中,一直对母亲的话深表认同。同时,我也很喜欢那两个只用亲吻迎来纯净清晨的人。

然而,若两人的关系仅止于此,我就不会降生在世界上,《斜阳》这部作品,也会是另一副样子。

我认为,母亲当时提出柏拉图式的精神恋爱,是因为她的母亲太田纪沙女士还在世。当然,她并没有把太宰留宿的事情告诉正在住院的太田纪沙女士。她甚至没有写在日记里。可以想见,母亲当时一定充满了罪恶感。

太田纪沙女士非常希望离婚回家的女儿再次结婚。母亲自己也并未完全放弃自己的姻缘。她只想跟太宰维持文学师徒的关系。可能正因为她这种危机感,才让她对这种可能落入危险的关系更加难以忘怀。

母亲一直很想创作一部"独白之作",以纪念夭折的女儿满里子。她把书写文字当成了人生最大的寄托。于她,无法书写文字的人生,是异常孤独的人生。

　　书写"独白之作"非常痛苦。母亲想着是否该像太宰说的那样写写"日记",而不知何时,又开始考虑要带着那个"日记"步入婚姻。那并不是为了书写她对太宰治的暗恋,而是她与太田纪沙女士的"今天做了些什么"的日常。

　　换句话说,在某一时刻放弃创作"独白之作"的母亲,基本上无法成为一名小说家。而这就使她成了时刻寻找小说素材的太宰的绝佳猎物。他专门跑到下曾我住了一夜,其心境与瞄准了攻击范围内的野兔,决定悠闲戏耍的狐狸差不多。狐狸太宰决定不对那只名为太田静子的野兔太早出手。他认为,大可以一点点逼近猎物,细细鉴赏野兔心中的动摇。

　　"很好,昨晚真的很好。"

　　这句话里除了对太田静子的珍重,更多的是他身为小说家的算计。或许当时的太宰还在困惑,不知该与她如何走下去。

《斜阳》的大纲还没定下来。对太田静子的处置，若不看看她的"日记"就无法决定。

不过，他恐怕已经清楚认识到了一点，就是太田纪沙女士的存在。他躲在病房门后，凝视着她如同鹤一般纤瘦的身影时，心里可能在想：

"啊，静子的母亲怎么不快些去世呢。"

只要这位母亲还活着，他恐怕就无法拉近自己与太田静子的距离。因为他从太田静子日常的对话中，意识到了母亲与女儿的深深羁绊。想必，只有这位母亲死了，《斜阳》这部作品才能迈出第一步。

太田静子一定也怀有同样的想法。当她决定要对太田纪沙女士隐瞒自己与太宰的关系时，心里也暗暗希望母亲去世。

尽管她早已下定决心，今后要作为太田纪沙女士的助手生活下去，但我认为，母亲心中的另一个自己，时刻都在对那种生活的厌倦呐喊。自从太平洋战争爆发后，母亲更加憧憬"恋爱和革命"了。

两个"阿修罗"坐在院落池塘前眺望远方,谁也不发一语。

清晨的雾早已散尽,头顶那片清澈的蓝天,倒映在池塘里熠熠生辉。水面上还映出了树木和乌鸦的倒影,那一刻,周围的乌鸦仿佛比平时多了不少。

"树上的乌鸦好像很快乐啊。"

太宰轻轻地说。

"它们一定很幸福吧。"

说完,他就凝视着树木,目光久久没有移开。

正好一年后的昭和二十年春天,太宰治发表了从《聊斋志异》获得灵感而创作的《竹青》。青年鱼容化作一只乌鸦,与名叫竹青的雌乌鸦结识,亲亲热热地比翼双飞。然而他最终无法忘却人类世界,还是回到了妻子身边。

"啊,景色真好。多么想让家里的老婆也看看这片风景。"

鱼容在竹青旁边不由自主地说了这句话,突然产生了想哭的冲动。

"看来，您还未忘记您的夫人。"

竹青感慨地说完，轻轻叹了口气。

母亲说，她读完《竹青》有种无比熟悉的感觉。一年前两人在庭前眺望时，那此起彼伏的鸦鸣仿佛就在耳旁。

战争日渐白热化。这个短篇发表在《文艺》四月号上时，东京遭到 B-29 大空袭，将近十万人失去了生命。每天，从东京返航的 B-29 都把剩余的炸弹投在下曾我。有时，B-29 会在夜晚擦着屋顶飞过；有时，它又会在白天朝着独自在田间劳作的母亲低空飞行，甚至能看见飞行员头上戴的墨镜。

现实世界已经落入了随时可能丧命的状态，母亲却在读完《竹青》后，愣愣地坐了好久。

"那位先生总有一天会回到夫人身边。我想与太田纪沙女士生活下去。"

讽刺的是，就在她下定决心时，纪沙女士的身体却在极度衰弱。那一年年末，日本投降四个月后，纪沙女士就与世长辞。

母亲在读《竹青》时,非常欣赏一个细节。与乌鸦竹青离别一年后,鱼容的妻子生下一个男孩。孩子的名字里暗藏了鱼荣对竹青的记忆。他并未把儿子名字的由来告诉最爱的妻子,而是将其当成了埋藏心中的宝贵秘密。

两人并肩坐在池塘边时,太宰对母亲说了美知子夫人预计夏天产子的事情。

"如果是男孩子就好了。"

太宰这样说。当时他已经是一个可爱女儿的父亲了。

"男孩子,真好啊。"

母亲也天真地高兴起来。不远处有一棵纤细的紫薇,母亲凝视着弯弯曲曲的枝丫,这样说道。

"如果是男孩子,不如起名叫正树吧。"

"为什么?"太宰困惑地问。

"您就像那株紫薇一样,心里满是曲折。男孩子应该像佛像那样挺拔才对。"

母亲这样回答。太宰放声笑了起来。我想,他之所以格外高兴,是因为太田静子像个母亲那样说出了他的弱点。

阔别十年的下曾我山庄正如我想象的那般,已经彻底沦为一片废墟。然而勉强矗立的大门,依旧保留着"麻雀之家"的风情。

"妈妈说的紫薇,是不是那棵?"

万里子大声说。

去拜访对面西久保先生一家前,我们两人在门前站了一会儿。确实,门边茂盛的竹丛里,有棵紫薇树露出了粗壮的枝干。那光滑的枝干强壮有力,让人不禁怀疑那是否真的是紫薇树。

6

战争结束将近半年后,太田静子遵照太宰治的建议,开始写日记。

日本战败那年年末,太田纪沙女士去世,只剩母亲一个人住在山庄。我时常想,她竟然在那座好似中国古老寺庙的房子里一个人生活了那么久。而且据她所言,并没有感到害怕。

"半夜一只鼬鼠跑到院子里,过一会儿又消失在黑暗中。消失前,它转头看了我一眼,似乎露出了微笑。那个微笑实在太温柔,让我看得出了神。"

听了母亲的话,我也仿佛看到了鼬鼠的微笑,心情愉悦起来。

母亲说,比起夜晚,每天醒来发现纪沙女士已经不在人世的清晨更让她痛苦。早上在餐厅喝热牛奶时,她还会放声大哭。有时候,她会跟比自己年纪小的女性朋友相约在东京站见面。即使大家一块儿走进战前新开不久的歌舞厅,她也没有跳舞的兴致。她告诉我,当时看着舞动的人群,她突然想马上回到下曾我去。因为她回想起了自己跟太宰相约在东京站的光景。而那个时候,他还在津轻老家躲避战火,尚未归来。

过完年不久,母亲就给津轻的太宰寄了一张明信片,用短短几行文字告知了太田纪沙女士去世的消息。

很快她就收到了回信。

拜复

我总在想你。这样说或许很奇怪,可我总在想你。

听闻你母亲去世,想必你很痛苦。

如今日本并不存在幸福之人,然而,就不能有些令人怀念的事吗。我体验了两次灾祸。一次是三鹰的轰炸,我被掩埋到了脖颈。迁至甲府后,又经历了一次大火。

青森很冷,很拘束,让我异常为难。我想去恋爱,并暗中爱慕某个人,可是十天后,我就再也不爱她了。

无法出门旅行,让我最为头痛。

我用将近一万日元买了香烟后,变得身无分文。于是今天,我便挑出十包最好的烟,藏到了壁橱架上。

你这个最好的人,务必要悄悄坚持,全力活下去。

眷恋你

我能想象母亲紧紧抱着这封信,满脸高兴的样子。最后那个"眷恋你"用得绝妙。他怎么如此擅长编织让人高兴的文字呢。

然而冷静审视这封信,我又感觉母亲其实不应该高兴成那样。

首先是关于太田纪沙女士的死,他说了一句"想必你很痛苦"。当然,很难想象他指的是生活。因为早在大战结束前,母亲就一直过着无正式工作,只能变卖物品为生的生活。事实上,对太田静子的安慰用"想必你很寂寞"才更自然,又或者"想必你很悲伤"也可以。而太宰故意没用这两种表达,由此可见他的心迹。

静子母亲的去世其实让他松了口气。因为那样一来,她的心肯定会径直偏向自己。纪沙女士的死让他暗自得意,而那种得意又使他略感痛苦。于是可以想象,他自然而然地写下了"想必你很痛苦"这句话。

与此同时,太宰心中又涌出了对太田静子的爱慕。"眷恋你"和"最好的人",都让人感到他的情感是真实的。

太宰治是个喜欢说"最"的作家。单纯在那封信中,就用了三个"最"。"无法出门旅行,让我最为头痛""十包最好的烟",这两句恐怕都是他无意中连续写下的吧。

表面上,太宰是个不喝两杯酒连头都不敢抬的人,可他的内心截然相反,始终希望自己处在"最"的位置。

当然,他也希望静子把他当成"最"重要的人。

太田纪沙女士的死确保了这点。我认为,正是那种松了一口气的安心感,让他意识到可以把静子说成"最好的人"了。

"即便他说我是最好的人,我也没什么可高兴的。因为他之所以那样说,是希望自己变成我眼中最好的人。"

晚年的母亲经常这样对我说。

我总感觉,母亲把深夜造访的鼬鼠的微笑,与太宰的微笑重叠在了一起。但我想,他在现实中恐怕不会回头对她露出那种笑容。或许正因为如此,母亲才会更加沉溺于那个幻想。她之所以不害怕一个人在那座山庄过夜,可能因为她一直期待着,期待太宰今夜会化作鼬鼠来到她面前。

母亲说,太宰第一次来下曾我过夜的第二天,她完全不记得自己把他送到了哪里。想来,那是因为母亲感到了强烈的离别悲痛。那天的记忆只持续到两人并肩在通往下曾我车站的橘子林坡路走,然后戛然而止。

弯曲的斜坡尽头有一片墓地,墓地入口处的腐朽路牌,仿佛随时都会倒下。母亲当时看到那块熟悉的路牌,却仿佛看到了一副十字架。歪斜的十字架像在暗示着两人的未来。

母亲告诉我,太宰心里一定也有同样的想法。因为两人在那块路牌前呆站了好一会儿。

"真不应该发誓啊。"

太宰沉闷的声音仿佛来自遥远天空的彼岸。几年前,他与美知子夫人订婚时,曾给井伏鳟二写了一封誓约书。

> 如我再次破坏婚姻,请将我斥作彻头彻尾的狂人,并弃之脑后。这些话语虽然平凡,但我今后无论面对任何人,都可平白诉说,甚至在神明脚下,亦可毫不含羞地起誓。请给予我信赖。

写下这些文字时,太宰应该是真心起誓的。

他的新娘是如同武士之妻、坚定而寡言的贤惠女子。太宰一定用尽了心力,想成为配得上她的丈夫。

翻开可谓太宰结婚纪念作品的《富岳百景》，就会明白太宰何以被美知子夫人的那种气质深深吸引。

他的心意如此清澈，自然也会让人为他对太田静子的心意而痛心，尽管以写小说为借口，他还是喜欢上了太田静子。

《藤十郎之恋》也一样，若缺少了喜欢对方的感情，则整个故事都无法立足。而正如听到藤十郎表白恋情的夫人死去那样，太宰或许也曾祈祷过静子的死。那样一来，他就能尽情创作自己这部只确定了标题为"斜阳"的小说了。

"小说结局是两个人的死。"

尽管他曾对母亲这样说过，但我认为，太宰看着眼前这个天真无邪的人，开始希望她活下去了。

太宰治似乎时刻都在追求死亡。到小田原医院探望太田纪沙女士后，二人在小田原城的护城河边散步。顺着斜坡走到上面的城寨遗址，就能眺望到远处的海面。

"我很喜欢这样的遗址和墓地。想着那么多死去的人，我会感到内心宁静……我总是在想，干脆死掉算了。"

两人并肩坐在一块大石上,太宰这样对她说。

"您不怕死吗?"

母亲问道。

"不怕。我怕的是人,所以我想死。"

太宰回答。

但我认为,就算怕人,也可以活下去。

说到底,我感觉太宰最害怕的是害怕他人的自己。对他来说,太田静子是少数几个无须惧怕的人之一。

"好想盖一座精致的小房子,跟你一起住在里面啊。"

两人眺望着眼前那片宛如山水画的风景时,太宰低声喃喃了这句话。或许,当时太宰重回了少年心境,开始梦想与少女太田静子生活在小小的房子里。

母亲发现身边的太宰除了日式斗篷,还围了一条灰色围巾。想到那条围巾一定出自太宰夫人之手,眼前的风景顿时消失得无影无踪。

当时母亲手拿的藤筐里,藏着一条准备送给太宰的浅蓝色围巾。

"这位适合戴灰色围巾的先生,一定非常珍重自己的夫人。"

母亲十分笃定。

母亲开始写的日记,其实是笔随心动的"回忆录"。彻底摆脱了"独白之作"时的痛苦,她反倒写得格外流畅。

她从疏散到下曾我开头,到错把蛇蛋当成毒蛇蛋烧掉那里,突然感到胸中异常苦闷。那是邻居小孩从后院竹篱间找到的白色小蛋,共有十个。母亲觉得万一孵出十条毒蛇可不好,便决定把蛋扔进火里烧掉。然而蛇蛋迟迟烧不着。

后来母亲得知那是普通蛇蛋,便把它们埋到了梅花树下。太田纪沙女士得知此事备受打击。因为丈夫守先生去世那天傍晚,家附近几乎所有的树上都出现了蛇。

母亲看着太田纪沙女士失去血色的面孔,觉得自己心底住着丑陋的毒蛇,这毒蛇总有一天会将这位万分悲悯而美丽的母蛇咬死。

这一段，太宰只把一个汉字词改写成了假名读音，其他原样照搬到了《斜阳》里。

三年前结识的法国电影人吉尔和玛丽曾对我说，这段文字最为引人入胜。当时夫妻俩住在蒙马特高地毗邻皮嘉尔广场的一座公寓里。他们打算制作一部关于太宰的纪录片。

"我最喜欢《斜阳》了。"

年龄相差颇大、堪比父女的两人异口同声地对我说。后来玛丽还说，蛇的故事构成了整部小说的内核。确实，那个故事暗示了母亲的死亡和新生命的萌芽。而得知那个故事确实发生过时，她似乎大吃一惊。

法国与日本截然不同，平均四个人就有一人是婚外生子。可尽管如此，要给有家庭的男人生下孩子还是需要勇气的。

我感觉，玛丽也一直抱有那样的烦恼。对年轻女性来说，和子在《斜阳》的信中写下的"生下所爱的人的儿子，养育他成长，这就意味着我道德革命的完成"，直至今日仍未褪去当初的色彩。

按照太宰所写的结尾那封信生活下去,这对存在本身就是罗曼的母亲来说实在太难了。

某天,一位像玛丽那样年轻的日本女子来到公寓,与她商量是否要为男人生下私生子的问题。

"我认为,你最好不要生下孩子。"

母亲安静地说。她说这些话时脸上流着泪,还在读小学的我不明白母亲为何要那么说。人家好不容易鼓起勇气找她商量,她却斩钉截铁地回绝,这样的母亲让我感觉有点冷漠。虽然直到现在我也不能完全理解,但这足以说明,"未婚母亲"仅凭一人之力抚养孩子实在是过于困难且痛苦了。

> 如今我被现实(生活)逼到了窘迫之境,而内心的苦恼仿佛因此模糊了些许。这就是现实生活与普鲁斯特所谓真实感之间的落差。

我仿佛在幻灭的悲哀中,挣扎着生存。

从记事起便疲于现实生活的孩子,会抗拒一切的幻想，成为冷酷的现实主义者。

身患重病的母亲领着三岁的我离开下曾我时，曾经匆匆写下了这样一张便条。

从小就被母亲定义为"冷酷的现实主义者"的我，如今却在书写着这些文字。母亲生下我时，确实没有半点现实主义思想。母亲一直都不明白，脱离生活的浪漫主义总有一天会被消磨殆尽。直到我们山穷水尽，不得不离开下曾我那天。

但是我认为，在我出生前几年，与太宰一道站在形如十字架的腐朽路标前，母亲眼中看到的无疑是现实。

7

昭和二十一年初夏,一个空中飘着几片薄云的午后,疏散到津轻的太宰治给太田静子寄来了包裹。

当时母亲正一个人在院子里挖竹笋。这是太田纪沙女士离开人世后,她独自迎来的头一个初夏。纪沙女士十分喜爱竹笋饭。想到今后再也不能跟她一起吃竹笋饭,母亲边挖竹笋边哭了起来。

太平洋战争爆发后,母亲依旧坚持书写可以称为"回忆录"的日记体文章,同时心中时刻想念着母亲纪沙和太宰治的面孔。虽然那是太宰劝她写的文章,但她觉得,太田纪沙女士也会为她高兴。

她并不确信这些文字能否发表出来,不过书写的过程十分快乐。她还想,今后要一直书写这种轻快写实的日常。母亲当时万万没想到,自己写的东西竟会被用到太宰的作品里。

太宰寄来了一包书。《津轻》和《御伽草纸》。《津轻》发表于昭和十九年十一月,《御伽草纸》则在战后不久的昭和二十年十月出版。

母亲感慨地想起太宰曾对她说过:"以后我们一起去津轻吧。"带着那种感慨,她翻开了《津轻》第一页,却见薄纸从书中滑落下来。那是两张浅绿色的诗笺。

朝思暮想,萤光似吾身。魂牵梦萦,点点均吾玉。
细雨绵长,萤虫隐木荫。暗草蒙露,冷火独煌煌。

两张诗笺上,都是太宰寂寥的字迹。

对着手上的诗笺呆呆凝视了一会儿,母亲突然害怕起来。此前每到初夏,他都会给母亲送来这两首短歌。每次母亲都会感到浑身冰凉。那些文字仿佛透露出他一刻都不曾抛却的赴死之心。

"请您不要死。"

母亲忍不住低声祈祷。

《津轻》的开篇,也透露着令人胸闷的苦楚。

"我问你,为什么要去旅行呢?"

"因为苦闷啊!"

"你成天嚷嚷着苦闷呀苦闷的,这话谁信哪?"

"正冈子规三十六,尾崎红叶三十七,斋藤绿雨三十八,国木田独步三十八,长塚节三十七,芥川龙之介三十六,嘉村礒多三十七。"

"什么意思?"

"那些家伙死掉的年纪呀!他们就这么一个接一个死了。算算,我也快到那个年纪了。身为一个作家,这个年纪正是紧要关头。"

母亲决定不再读下去,而是到庭前的水井边清洗沾着泥巴的竹笋。洗涮忙碌能够让自己逃离那种难以形容的灰暗心情。她后来告诉我,当时突然很想让太宰也尝尝自己做的竹笋饭。

《津轻》并非开篇所暗示的那种阴沉小说。然而太宰那种对身边人如有如无的刻意的屈尊姿态,让人感觉十分不适。

> 您满心以为人生只存在于自己的故乡,才会变得如此痛苦。文人不是常说,人生无处不青山嘛。

我想起《竹青》中对主人公鱼容说出这些话的乌鸦竹青。太宰与母亲两人并肩坐在下曾我庭院大石上,应该也进行过这样的对话吧。

七个月后,昭和十九年八月,太宰家迎来了第一个男孩正树。那是太宰津轻取材之旅两个月后的事情。昭和二十年春天,《竹青》发表在《文艺》上。当时东京空袭形势越来越严峻,太宰及其家人疏散到了美知子夫人的娘家甲府。他在那里与媒人井伏鳟二重逢。很难想象他会在那段时间时常给母亲寄诗笺。

我常常想,空袭的惨状大概使太宰的自杀意愿稍微消散了一段时间。七月,太宰一家所在的甲府也遭到空袭,他们不得不辗转四天四夜转到津轻。

捧着久违两年的两枚诗笺,母亲想起了一月那封信。那封始于"我总在想你",终于"你这个最好的人,务必要悄悄坚持,全力活下去"的信。

收到那封信不久后,母亲就开始了日记创作。那封信给了她活下去的希望。连信上的字迹也仿佛洋溢着温情。

然而她这次收到的诗笺却毫无气力,仿佛被逼到了崩溃的边缘。

"这半年究竟发生了什么?"

想到这里,母亲心中很是苦闷。此前太宰写给她的任何文字,都从未透露出如此危急的气息。

从母亲那里得知太田纪沙女士的死讯,太宰似乎高兴了一段时间。直到五月前后,他还空想着要在下曾我定居。然而他并没有把这件事告诉太田静子。因为他害怕一旦在信中透露,她就会按捺不住兴奋跑到津轻去。

给母亲写完信的第二天,也就是一月十二日,他给同样住在下曾我村的前辈小说家尾崎一雄寄了一张明信片。

  请您闲暇之时稍加关照。

他在明信片上明确写道。
当时正在下曾我疗养的尾崎老师并不认识太田静子。他做梦也想不到,太宰治曾经来过下曾我。
三天后,太宰又在给井伏鳟二的信中提到了即将小住的地点。

  我想在小田原或三岛一带租间农舍小屋小住一段时间。七月或八月左右。

他没有明确写出下曾我,而是含糊地写成了小田原,同时还加入了他曾经住过的三岛这个地名。
五月不知何时成了七月或八月。在渐渐回归现实的同时,十天后,太宰又给住在京都的学生堤重久写了一封信。

> 我在想,今年夏天到来前,到小田原、三岛或京都找个地方住。

此时,他甚至开始空想京都了。并且,他好像也对美知子夫人有意无意地提过这些事情。

突然提到京都可能显得很突兀,但在我看来,他一直对日本西部怀有憧憬。在下曾我过夜那天,太宰曾说过:"我想跟静子一起到京都去。"

"如果能在京都,像谷崎润一郎那样生活该多好。"他还这样说过。

在四月下旬寄给堤先生的信中,太宰也持续着自己的空想:

> 虽然不知何时才能离开津轻,但总有一天是要离开的。我也在想要不要迁往京都。然而那边想必没有房子。该怎么办呢?

"想必没有房子"这句话表明,大概他已经快要得出放弃的结论了。事实上,直到五月下旬,他还在给京都编辑的信中写道:

> 我有朋友在京都,说不定会直接略过东京,搬到京都去。

写下这句话时,他想必做好了心愿可能无法实现的认命准备。

春天,长兄文治要参加议员竞选,太宰对自己的亲人尽心尽力,帮他写了刊登在报纸上的演讲文章。而对刚生下来就体弱多病的长子,他也一定给予了许多父亲的关怀。在那种看不清未来的生活中,太宰的"想死病"肯定又在脑子里生根发芽了。

他发表在《展望》昭和二十一年六月号的戏曲《冬日花火》,现在读来仍让我感到无比悲伤。

主人公数枝的继母阿佐有着仙女般的温柔,但那显然来自她心中的罪恶感。阿佐试图刺杀对怀抱幼女的数枝施暴的男人，她自己曾经也被那个男人凌辱。

  曾经犯下罪孽的女人很温柔，这是我的确信。

  太宰在写给河盛好藏的信中，就《冬日花火》的话题写下了这句话。太宰与青森艺伎出身的第一任妻子小山初代结识于弘前高中时代。两人结婚第六年，也就是昭和十一年，太宰因羟考酮中毒入院治疗，她则跟一名太宰远亲的青年尝了禁果。太宰得知此事，试图在水上温泉与她服安眠药殉情，但是未能成功，最后两人分手。昭和五年末，刚进入东京帝大法文科的太宰与她举行订婚仪式。然而就在那不久之前，他还跟刚刚结识的银座咖啡店女服务员田部目津子一起在小动岬岸边试图服药自杀，最后只有十八岁的目津子丧命。他心怀着害死一个女人，自己活了下来的罪恶感，却无法原谅妻子的罪孽。初代于昭和十九年七月孤身病死在中国青岛。当时正值正树出生前一个月。

我认为，太宰是怀着对初代女士的哀悼创作了这部戏曲。

"我讨厌处女。"

据说太宰在三鹰的井之头公园散步时，突然高声说出了这句话。那是母亲直接拜访太宰家，拒绝与堤重久相亲那天发生的事。

"但丁的贝雅特丽齐还可以，但我讨厌处女。处女都傲慢而无情。静子之所以不会那样，是因为你生下满里子，又害死了她。"

然后他还说：

"我已经不会放开你了。我想得到救赎。"

他认为，拥有同样罪恶感的人相爱，就可能让彼此得到救赎。母亲当时便下定决心："我要救赎这个人！"这也是理所当然的结局。

"我总感觉，地球随时会颠覆。"

太宰仿佛呻吟般说道。因为他觉得，这句话作为《藤十郎之恋》中坂田藤十郎的台词，实在太稀罕了。

我感觉，他与太田静子走在井之头公园里，应该想起了曾经与小山初代或田部目津子散步的时光。害死初代和目津子的罪恶感,在每一次喜欢上别的女人时,都会加深一分。

或许,只有美知子夫人是个例外。

"我讨厌处女。"太宰说出这句话时,母亲心里十分悲伤。因为她强烈感觉到,那恰恰说明太宰心中其实更珍重处女。当时她满脑子都在悔恨没能在纯洁的少女时期与太宰结识。

在空袭最猛烈时,太宰得以将初代女士的死深藏在内心一角,然而随着日本战败,她又在太宰心中恣意生长起来。与此同时,目津子的死也渐渐向他露出了爪牙。他想逃离。他认为,能够逃开两人死亡阴影的地方,唯有太田静子所在的下曾我。他知道,太田静子能够与他分担这共同的罪恶,又感到她有种使他无法邀她同死的明朗。

"静子不能再想着去死了哦。……静子要幸福。我什么都能理解。"

第一次在下曾我过夜时,看着挂在二楼房间里的威尼斯画派作品,在那幅贫困的市井马利亚画像下面,太宰这样说道。

读着《冬日花火》,母亲感到越来越不安。远在津轻的太宰,他的心仿佛正在没入黑暗。她十分害怕女主人公最后说的话。

> 桃花源、乌托邦、老百姓,太苍白了。这一切太苍白了。这就是日本的现实。……随他去吧。我要去东京找我爱慕的男人。我要一直坠落到深渊的底层。让理想和壮志见鬼去吧。

这是女主人公得知救了自己的母亲有如此过往后发出的呐喊,直到现在,我都感觉这就是当时太宰本人的心声。

太宰治厌倦了一切,厌倦了当时连声高呼的"民主主义",也对故乡津轻充满了失望。他好不容易在《津轻》里对自己出生之地产生了自豪感,可此时他的理想却彻底破灭。中间到底发生了什么,让太宰忽又变得如此自暴自弃呢?

唯有读到太田静子写来的信，才能让他重新找回少年的纯真。他在九月寄往下曾我的信中，真如少年一般这样提议道：

> 今后我们改用别的寄信人姓名吧。
> 你叫小田静夫怎么样？很有美少年的感觉。
> 我打算管自己叫中村贞子。我中学时有个朋友名叫中村贞次郎，是个率真忠厚的人，我也想模仿他那样的性格。
> 今后我们一直这样吧。你可能会觉得这样很可笑，不愿意这么做，但千万不能懈怠。
> 因为现在跟以前不同了。
> 请你再给我写信。保重身体。

今后究竟跟以前会有什么样的不同，这两人当时能明白多少呢？

8

昭和二十一年秋天,是太田静子给津轻的太宰治写信最多的时期。因为她已经陷入了不得不写的境地。

那年夏天,弟弟通从南方帝汶岛复员归来。那是她最依赖的弟弟。就连太宰那本《虚构的彷徨》,也是她从当时就读于东大法学系的通的书架上拿到的。

> 若你一直是个成天做梦的文学少女,总有一天会后悔的。好好生活。

昭和十七年晚秋,他以见习士官身份登上了从门司开往新加坡的日本邮船,在刚刚下水的安芸丸船上,通给母亲写了这样一封信。随后是四年漫长的分别。如今,他终于回国了。

他还不知道太田纪沙女士的死讯。当他看到纪沙女士与父亲守先生的照片并排放在客厅佛龛里时,无声地把一只麻袋递给了泪流满面的姐姐。麻袋口爬出了磕头虫一样的小虫。

"这是龙目岛的米。我听说日本所有人都缺粮食。"

好不容易带回来的米已经发黑腐烂,不能吃了。

母亲边哭边把米供到了佛龛上。那天她还没来得及跟弟弟商量今后的事情,通已经去东京找他的恋人了。

通的恋人顾不上被疟疾侵蚀的身体,一收到电报便径直赶来,而通又二话不说离开了下曾我,母亲对他们都大失所望。几天后,两人再次回到下曾我取行李,母亲甚至没有去送送提着箱子离开的他们。她枕着从日本投降那天起就为通而攒着的报纸捆,直接躺在了客厅地毯上,还读起了《查特莱夫人的情人》。当时她的心情竟意外明朗。

"如果不离开通,我就无法开始新的生活。时机终于到了。"

这就是她当时的想法。

母亲坐起身,马上给太宰治写了一封商谈的信。

一开始她在信里犹豫,今后应该找位年轻作家结婚,还是与文学完全不沾边的丈夫。但是我想,当时她内心已经倾向于作为太宰的情妇生活下去这条路了。

很快,母亲便收到了回信:来信已拜读,你的想法我理解了。

信的最后就是那句"你一人的生活,总有办法过下去的"。

"太好了,我就按照他的嘱咐,在下曾我安心等候吧。"想到这里,母亲心中又多出了新的苦楚。那苦楚完全源自太宰是个已有妻儿的作家这个事实。那样的人竟是自己唯一的倚仗,这让她感到非常悲伤。

一旦做出决定,无论多么悲伤也要忍耐着生活下去。尽管如此,母亲还是不知如何处理这种痛苦的心情。

经过一整天的痛苦挣扎,母亲终于决定走一步算一步了。

我已经不再去想那些琐碎的事。
我想要个孩子。

她在信中清楚写下这些话,然后寄了出去。九月初,天空还飘着冷雨。

对一个还处在柏拉图式关系的人,她竟能如此干脆地写下那些话,我感到的只有无奈。一想到是痛苦让她写下了那些话,我这个从中降生的孩子也不由得痛苦万分。

母亲当时的日记和小说《我的悲歌》中,到处充斥着"痛苦"这个词。这让我十分意外。在读到那些文字前,我本以为母亲最初并没有多少烦恼,只是天真地想为太宰生个孩子罢了。那样反倒能让我松一口气。

在那个时代成为一个"未婚母亲"需要极大的决心,我很清楚这点,也正是因为清楚心情才变得十分沉重。

眷恋你。
跟以前不同了。

太宰认为，只要在信中留下这样的只言片语，太田静子就会神魂颠倒地待在下曾我等着他。而实际上，那只会增加她的痛苦。

进入"跟以前不同"的关系，对她来说就是步入"怀孕"这个现实。即使太宰怀有享受"秘密"的心情，但那对母亲来说，实际意味着进入一个非常严肃的状态。

母亲本来是个不擅长保守"秘密"的女性。她嗓音清亮，不懂得压低声音说话，也常常为此哭泣。心怀秘密是件很痛苦的事。母亲还在"想要孩子"那封信中写道，可以直接把信拿给夫人看。作为一名艺术家的妻子，美知子夫人或许会同意这件事。同时她也在想，若美知子夫人不同意，她就断绝与太宰的关系。

然而太宰却打算一直将这件事当成"秘密"。他们各自用中村贞子和小田静夫的假名通信，以此来蒙骗美知子夫人。太宰对此怀有一种小孩子干坏事般的兴奋。

他的妻子彼时正怀有身孕。那是他们的第三个孩子。可是太宰治在给太田静子写信时完全没有提及此事。他害怕一旦说出来，对方就会退缩。他不愿看到那样的情景。毕竟太宰非常想看到她一直坚持书写的日记。若此时两人断绝来往，就看不到日记了。

这一次，太宰的回信也很快。

拜复

  静夫君仿佛越来越痛苦了。那样毫无裨益。不如放弃罢，真心的。

  使人心情平静的恋情。

  安稳的思念。

  无须介怀，无须拘谨，无须恐惧的关系。

  若非这样，则毫无意义。

  在这样令人厌倦的恐怖现实中，好不容易寻觅到仅有的一小片可供休憩的草原。

  若能为彼此保留这样一片净土该有多好。

  我基本上没有意见。

  我喜欢我的家人，但那又是另一回事。

  此事还是当面详谈为妥。

  请你仔细思量。

我全听你的意志（包括孩子）。
　　我就是如实映出你内心的镜子

　　　　　　　　　彩虹或雾的影法师

　静子女士
　（会有人不衷心祈祷你的安宁吗）

　"我全听你的意志（包括孩子）。"这种被动的姿态即使现在读来，也让我感觉很奇怪。将自己称作"彩虹或雾的影法师"，同样有种怪异的感觉。

　在这些极度装腔作势的文字中，我仿佛感觉到了极端暧昧又难以捉摸的，如同邪魅的太宰。

　他在太平洋战争爆发后不久写的短篇《十二月八日》中，也融入了那种状态的自己。

　十二月八日清晨，他在三鹰家中，听着广播里大本营陆海军部发表的开战新闻。

　　就像雨窗紧闭的房间里射入一缕光芒，那些话在耳边如此强烈而鲜明。朗声重复了两次。我侧耳倾听的同时,感到自己变了个人。那是一种受到强光照耀,身体化作透明的感觉。又或者是接触了圣灵吐息,在胸中埋入一片冰冷花瓣的感觉。这个早晨,日本也成了不一样的日本。

我想,身体化作透明,正是与"彩虹或雾的影法师"同样的感觉。那是完全被动的透明之人的诞生。他恐怕是说,今后就要成为军部管制下的一只羔羊了吧。

我并不认为太宰这些文字中带有讽刺。因为文章后面连续出现了"圣灵吐息""一片冰冷花瓣"这种类似"散华"的、能讨军部欢心的措辞。我感觉,那更像是他一本正经地发誓今后将对军部言听计从。

"我全听你的意志(包括孩子)。"

这句完全被动的话,或许说明了太宰就像接受军部的意志那样,全盘接受了太田静子的提议。他之所以写出这句话,或许是一心为了让她高兴。

此时太宰治应该还未产生想跟她生孩子的想法。就算他真的有过可以跟她生孩子的心情,那也是在得到日记之后。

那年秋天,太宰治开始考虑将水户文学青年保知勇二郎在给他的信中提到的铁锤声,作为短篇作品的主题意象。

请把铁锤声借予我。我希望用它来书写现在青年们的苦恼。

就这样,他以保知的信为参考,创作了《叮叮当当》。

他准备以太田静子的日记为基础创作的长篇故事,在没看到日记前尚不存在明晰的思路。太宰有时会突然产生某种不安,担心自己是不是不太了解太田静子这个人。

太田静子在战争中明显是个自由主义者。日本战败前不久的一个雨天,她到下曾我山参加劳作,依旧没有穿戴日常劳作的短衫裤,而是套了一条手缝的长裤,披着一件男装 Burberry 雨衣。当时她虽然不至于穿裙子,却还是遭到了国民学校男学生的斥责:"你是间谍吗?"

这样的母亲面对太宰信中那句"全听你的意志",不由自主地产生了抵触心理。

> 我不想与影法师恋爱。若我心中唯一的火花,在你眼中竟如萤火星辰,那我便要离开。

她在十月底的信中这样写道。我觉得那是一番气势十足的苛责。她想要太宰直白的话语。而不久后他寄来的回信,也确实非常直率。

> 本应最擅长的"文章",实际却最难以把握。这便是我的悲剧。
>
> 或许,我不知何时已丧失了自己的"心"。所以,才有了镜子一说。若镜子的比喻不够好,那便是导体(能迅速传递热量)。不过对于不喜欢的人,我丝毫不能感觉到热量。凡触及之处,唯有凉薄。
>
> 对方的热意减退,我也会迅速冷却。

你上次的来信,似乎有些怒气。对不起。我实在写不出回复。你上回给我的信,想必也很难下笔吧。与你当时的心情一样,我也很难写下自己的回复。

可是,我一直在想。

我想请你帮助我工作(秘书吗),这样便能每月给你奉上谢礼,每天都要大摇大摆地去找你。我觉得,那样一定能做好工作。不会有损你的尊严。

那样的话,就能得到"附录"。小时候读杂志的新年号,我总是喜欢附录多于杂志本身。

十一月中旬我将迁往东京。安定下来会知会你。请不要再给这里(金木)寄信了。

面对"直球"的母亲,一直爱打"变化球"的太宰,这次也尽量以"直球"来回应了。就连那个一切随波逐流的太宰,在这个女人面前也产生了尽量坦率的想法。尽管如此,他还是不想把妻子怀孕的事情告诉她。

太宰治当时十分疲累。四月是长兄文治的国会竞选,到了七月,祖母伊志又在九十岁高龄去世。她的葬礼在十月举行。那场等待文治归来后举办的葬礼,是正符合高额纳税人岛津家身份的盛大典礼。

然而他反倒不想对静子说这些事情。因为那都是他不想带往"休憩草原"的心事。

那一年,也就是昭和二十一年正月,天皇发表了《人间宣言》,驻日盟军总司令部又下令解除军国主义者的公职,同时农地改革也开始了。

> 战争犯罪者云云,皆为荒谬。

在四月写给河盛好藏的信中,太宰治愤愤道。他是否在暗自担心,有人会指责他一边创作与战争毫无关系的文章,一边又写了许多讨好军部的文字呢?

他实在忍不住想为写了那些文章的自己辩解。同时期发表的短篇《十五年间》中,也能看到他在不断为自己辩护。

我高呼着日本必胜，站在了日本这边。面对注定要失败的东西，暗地里摆出世人皆醉我独醒的面孔，低声呢喃必败必败的人，算不上多么高洁。

虽然他承认自己高喊了日本必胜，后面却是一串强词夺理之辞。

无论怎么想，太田静子都属于低声呢喃"必败必败"的人。

那种话一旦大声说出口，必然要被抓走。而那些明知道会落败，却偏要书写胜利的文章迷惑读者的作家，明显有更多的战争责任。太宰治毫无疑问就是其中一员。我觉得，正因为他无法直率地说出"对不起"，心中以死谢罪的想法才会越来越强烈。同时他也希望，能在死前写出一本直截了当地表现真实内心的好小说。

太田静子的日记将会大派用场，这种预感越来越强烈了。

斜阳

1

"我全听你的意志(包括孩子)。"

太宰治给太田静子的信中之言,我总感觉应该更包容地去理解。当中隐含的被动姿态确实让人很难接受,可他毕竟说出了可以生孩子这个意思。母亲静子虽然对"全听你的意志"有所抵触,但难以否定心中还是很高兴的。若太宰心里怀有拒绝之意,完全可以故意给出含糊的回答。

那封以"拜复 静夫君"开头的信,最后却以"静子女士"结尾。这明确显示出,太宰虽然故意用男性名字称呼静子,心里却强烈意识到了对方的女性身份。那是昭和二十一年十月初,他疏散到津轻时寄出的信。

收到那封信时，母亲正一个人住在下曾我的山庄，当时院子里开了一朵鲜红的玫瑰。那是秋天的玫瑰。母亲看着被朝露打湿、如同红丝绒的小小八重花瓣，不知为何想起了太宰第一任妻子初代女士。

她坐在庭院一角的小屋旁，沐浴在朝阳中读着那部讲述太宰与初代殉情未遂的短篇——《姥捨》。因为无法原谅犯了错误的妻子，太宰决定在水上温泉与她殉情。

尽管因为安眠药剂量不足，两人都活了下来，但那部作品实在过于阴暗，终究不适合在朝阳中阅读。母亲还在信中对太宰这样说道：

> 读了《姥捨》，我十分羡慕为老师所爱的和枝女士。

作品中以"和枝"代替了"初代"的名字。

他读了那封信，一定会大吃一惊吧。因为他认为，自己在文中毫不掩饰冷漠，书写了难以原谅初代的心情。

那个女人对我照顾有加。这点万不能忘却。责任都在我身上。若世间有人要指责她,我会拼尽全力去庇护她。那个女人是好人。这我知道,这我坚信。

　　这次的事?啊啊,不行,不行。我无法笑着面对。我做不到。只有那件事,我无法平静面对。我无法忍受。

　　原谅她。这是我最后的自负。理性上,我可以忍受。感性,却让我咬牙切齿。我实在难以面对。

正因为这是他真实的内心呐喊,读起来才更让人难过。或许因为爱她,才更加无法原谅。那既不是《圣经》所讲的博爱,也不是佛教宣扬的慈悲。太宰的爱,来自他亲口说的自负。或许,他对妻子和情人的占有欲,比常人强上一倍。

我与母亲不同,绝不会羡慕她。我反倒觉得,小山初代女士实在太可怜了。

昭和五年,太宰与田部目津子在镰仓小动岬试图自杀,当时他还有一个月就要跟初代女士订婚了。难道那不是对新婚妻子最大的背叛吗?然而初代女士并没有因为此事责备太宰。

成婚后的太宰放弃了学业,也未从事任何工作。他靠家里供养,为同人志写了一些小说。大学退学,报社笔试又不成功,他便想到镰仓山中找棵树吊死算了。继第一届芥川奖失败后,第三届又未能获奖,这使得他镇痛剂中毒导致的妄想更加恶化了。太宰入院治疗期间,初代女士犯下了错误。

如果自己的心胸能稍微宽广一些,或许就不会这样。可能太宰深感自己对不起被他强行要求离婚的初代女士,才创作了这个短篇。

《姥捨》发表于他与初代女士分开后第二年,也就是昭和十三年秋天。那段时间,他还经井伏鳟二介绍,与美知子夫人相了亲。两人过完年没多久就举办了婚礼。与自负武士血统、沉默寡言的女性度过新婚生活,对太宰来说一定是肃穆而骄傲的。

另一方面,与太宰分开后的初代女士,于昭和十九年夏天死在了青岛。

所以我告诉你,她的许多罪都被赦免了,因为她的爱多;但那赦免少的,他的爱就少。

《圣经·路加福音》第七章中的这句话,伴随着初代女士的死,终于深深镌刻在太宰心中。自己已经害死了田部目津子与小山初代这两个女人,接下来会是太田静子吗?三人的共通之处,就是那份纯真和对自己无尽的信任。

我十分羡慕为老师所爱的和枝女士。

太田静子的信让太宰意识到,自己直到现在还爱着初代女士。

想到自己一直深爱着她,太宰对她的罪恶感应该也缓和了一些。与此同时,他也可能获得了新的勇气,进一步接近有可能成为下一个牺牲品的太田静子。

另外,母亲又在给太宰的信中这样写道:

  我不是契诃夫《海鸥》里陷入与作家恋情的妮娜。

 或许这是一句宣言,告诉太宰自己将他看作了一个男人。可母亲曾对还是少女的我说过,因为太宰是艺术家才会喜欢上他,还说我是从作品中诞生的孩子。两者显得有些矛盾了。这让我不禁意识到,母亲内心深处还存在着另一个有血有肉的女人。

 太宰看到母亲这句话,必定增加了不少身为男人的自信。那封信很快得到了回复。

  每天都要大摇大摆地去找你。

 这句话想必也让母亲十分高兴吧。然而就算他真的每天大摇大摆地去找母亲,又能持续到何时呢。我想,分别来得应该非常快。她为何没有想到,自己会像《海鸥》中的妮娜那样,跟作家结合后不久便会被抛弃呢。

 如果她真的觉得太宰治如此可靠,那一定是被爱情蒙蔽了双眼。

太宰在信的最后说：

十一月中旬我将迁往东京。安定下来会知会你。

然而一直等到十二月，还是没有他的消息。院子里的红玫瑰，早已凋零了。

海鸥，或许厌倦了等待？

她给三鹰的太宰写了一封短信。我觉得这封信有点奇怪。因为在上一封信中，她还说自己的感情与《海鸥》中的妮娜不同，结果对方久不联系，就出现了这样的提问。

看着这个意识到自己便是妮娜的女人，刚回到三鹰的太宰想必更有身为男人的自信了。

我想写点东西。不，这将成为一部杰作。毋庸置疑，它将是旷世杰作。

带着家人从津轻回到三鹰的太宰治，在第二天接受刚加入新潮社不久的老友野原一夫访问时，笑着说出了这样的话。

太宰穿着黑色毛料军装似的衣服，无所事事地盘着腿。他抬起右手仔细端详着，或许在思量自己将用这只手创造的杰作。这是野原先生在《回想太宰治》中写下的光景。

让人很容易便联想到了得意扬扬的太宰。

他还没读到此前让太田静子写的日记。不过从她最近写来的信中，就能看出新世界即将变动的征兆。

最重要的是，这个女人不仅天真，还能理解他内心最深处的想法。他感觉，自己内心深处对已逝的田部目津子和小山初代的歉意，似乎完全被她捕捉到了。她一直认为，自己不爱丈夫，才会害自己的孩子死去，因此怀有跟他一样的罪恶感。一想到这里，他就想撇开男女身份，与她分享这份纯粹的友情。那种感觉十分迫切。然而，他对太田静子是一名女性的意识已经过于深刻了。

"想要孩子。"

她还在信中清楚写下了这些文字。事已至此，自己该怎么办。若生下孩子，他就不能跟她一起死了。这点太宰想得异常清楚。

太宰治向来憧憬成为母亲的人。因为没有亲生母亲怀抱他的记忆，他反倒更加认为，母亲和孩子必须在一起。

然而老实说，他无法想象那个还带着点少女气质的太田静子真的要给自己生孩子。不，他其实是不愿去想。因为美知子夫人很快就要生下第三个孩子了。

"我要写一本杰作，旷世杰作。小说的大致构思已经完成了，我想写出日本的《樱桃园》。没落贵族的悲剧。连题目都想好了，就叫《斜阳》。"

与野原先生重逢五天后，太宰出现在新潮社，志得意满地说道。办公室里坐着太宰敬爱的法国文学研究家河盛好藏。他当时是新潮社的编辑顾问。就算眼前是他最喜欢的学者，口吐"旷世杰作"的狂言也未免太轻狂了。那番话与太宰喜爱的"含羞"一词相去甚远。这种内心的高傲来源,或许是因为他完全俘获了太田静子的心,从而获得了这般自信。

不过在这番轻狂的宣言背后,应该还隐藏着日本战败后他在文学活动中的背水之势。

太宰在疏散前,一直领着津轻老家每月发给他的九十日元生活费,这在当时是很大一笔钱。随着日本战败,那笔生活费也断绝了。若不发表一本"旷世杰作",今后的生活可能无以为继。根据津岛美知子女士的《回想之太宰治》一书所述,家中财政大权一直掌握在太宰手上。要从他手里一点点抠出家计费用,想必美知子夫人也很为难。然而若非如此,太宰就没钱饮酒,也没钱去下曾我找太田静子了。

太田静子那张可谓"旷世杰作"之缪斯的圆脸,在太宰眼中说不定宛如福神惠比寿一般。

"我与太田静子能死在一起吗?"

他迟迟无法得到那样肯定的答案。

尽管如此,既然夸下了"旷世杰作"的海口,能够想到的最佳告别场景便是死亡。他想在田部目津子与小山初代这两位天使的引导下，寻找与太田静子同赴死路的可能。

不，干脆像那两人一样，让她独自死去，再由我为她书写安魂的篇章怎么样？我想，太宰当时应该反复在做这样的思考。

不管怎么说，《斜阳》都会变成"旷世杰作"。那并非逞强，他确实一想到太田静子的脸，就会产生那种感觉。不得不承认，那一定也是爱情的魔力所致。

开始创作《斜阳》前，太宰治想把短篇《维庸之妻》写出来。女主人公是一个盗贼诗人的妻子，太宰想将其塑造为天使一般的女性。他脑中浮现出那两位已逝女性的微笑，那样一来，丈夫维庸的角色就注定是太宰来充当了。

　　我呀，看起来装模作样的，其实特别想死。从我出生时候起，就净想着死，为了大家，还是死了好，这一定没有错。可又总死不了，有一个奇怪又可怕的神灵似的东西硬是阻止我去死。①

小说中丈夫说的话,仿佛就是当时太宰毫无遮掩的内心独白。随着日本战败,他的想死病愈发严重了。可是,他害怕一个人死。他想拉着太田静子一起。

与此同时,她又有点像是阻止太宰寻死的"可怕的神灵"。一位斥责太宰的神灵。

昭和十九年一月,两人坐在下曾我庭院池边。

"你脖子上的印子怎么回事?"

她安静地询问道。那是他在镰仓山中上吊失败留下的红色印记。

太宰低下了头。我想,他心里其实是高兴的。因为别人即使看到那个印迹,也故意什么都不说。虽然那只是一句天真的询问,他却感觉太田静子在训斥他:"不可以做那种事。"或许待在她身边,就能逃离想死病的纠缠。太宰心中应该闪过这种念头。

---

① 《维庸之妻》引文出自太宰治《维庸之妻》,陈龄译,重庆出版社,2013年。后同。

2

时间步入昭和二十二年正月六日。上午十点左右,太田静子到达三鹰车站,天还没亮她就从下曾我出发了。

冷风扫过车站前的街道,身穿和服、戴着口罩、有点感冒的母亲把头往披肩里缩了缩。

昨晚,她一想到能够再见久违三年的太宰,就高兴得睡不着觉。她那感冒十有八九就是因此而起的。

车站前杂乱的街道与六年前的秋天头一次来到这里时并无变化,只是在日本战败后多了些临时营房。记得她第一次来时,距离太平洋战争爆发还有三个月。她还跟美知子夫人也打了招呼。

然而这次,母亲准备到太宰的工作场所去。太宰年末给她写的信中,发出了这样的邀请。

"静子,你是不是要去做不好的事了?"

她仿佛听到天空中传来太田纪沙女士的声音。母亲想起战争尚未结束时,纪沙女士戴着口罩躺在病床上的样子。为了缓解持续不断的舌痛,她的口罩里放了浸透利凡诺的纱布。纪沙女士戴着口罩休息的脸,就像婴儿般惹人怜爱。

"对不起。可我爱着那个人。"

母亲回忆着纪沙女士那样的睡颜,心中呢喃道。自己毒蛇般的内心害死了美丽的母蛇太田纪沙女士,这种心情从日本战败那年年末起就从未消失过。

母亲从包里取出太宰写的信。那是年末好不容易等到的来信,上面画着从车站到工作室的地图。

拜复

　虽然总想着你(真的),却迟迟没有写信,实在抱歉。我想早日与你相见,却苦于杂事缠身,始终不能相邀。对不起。

你的生活可有变化？我依旧是老样子，虽无直接关系，但也请你安心。

近来每日颇为疲惫，来客又多，本想去小田原拜访，又迟迟不能成行。

我从昨日开始创作题为《维庸之妻》的小说，约有百页稿纸篇幅。

由于要在一月十五日前写完（发表在《展望》杂志），目前正租下附近的房子作为办公之用。若你有空来东京，可否顺路探望？

房子在三鹰邮局对面，沿着小河建起的二层小楼，玄关有一扇西洋风格的门。

有时我可能不会过去，请你来前先用电报知会，比如"某日某时往"，一旦收到，必定前往等候。正月头五日有学生和客人来访，六日以后为佳。六日到十五日，我准备一直在这里工作，基本上从早上十点到下午五点左右，都独自在里面写作。

两百格的稿纸上跃动着凌乱的字迹。车站到工作室的地图也画得极为潦草。我想,当时的太宰可能一心只想完成《维庸之妻》。因为将主人公描画成恶棍形象是件异常困难的事。

至于《斜阳》,他还想往后推一段时间。每次看到印着下曾我邮戳的信,美知子夫人想必都会心中一沉吧。不消说,她应该很快就猜到"小田静夫"这个假名也是丈夫提议的。妻子一言不发地将信递过去时的冷漠眼神,可能会让太宰心中一悸。然而若一直不回信,那个天真的女人肯定会再寄信过来。干脆现在就回信吧。只要知道能见面,对方的心情也能平静下来。

在这次的信上,他并没有署名"中村贞子",而是用了"太宰治"。收信人也光明正大地写着"太田静子女士"。

"喂,帮我寄封信吧。"

或许,太宰会故意大声吩咐美知子夫人。

"就跟《女生徒》那时一样。"

我想,他肯定也不会忘了加上这句话。

昭和十四年，太宰与美知子夫人结婚那年发表的中篇小说《女生徒》，就是利用年轻女性S子小姐的日记写成。太宰一定对美知子夫人说过，《斜阳》也是那样的作品。

信的开头言辞僵硬，想必也是因为他落笔时一直想着妻子会读到这段。

　　你的生活可有变化？我依旧是老样子，虽无直接关系，但也请你安心。

里面那句"虽无直接关系"让人很是在意。因为看起来太生疏了。若我收到恋人寄来的信，发现里面写了这样的话，恐怕会顿时没有了任何爱恋。然而因为是秘密关系，或许会为了掩人耳目而故意使用这种措辞。

又或许，太宰治是当着美知子夫人的面开始写这封信的。

不过，母亲读这封信时恐怕丝毫没有那种心思。因为她终于能见到太宰了。这让她再也无暇他顾。

她甚至没有在意"若你有空来东京"这种试探语气的措辞。她只想尽早与他相见。

信上写着"六日以后为佳",还说早上十点到下午五点都会一个人待在那里。于是母亲很快决定六日十点去找他。母亲发出电报时,一定抱着一日千秋、迫不及待的心情。

六日十时拜访 太

我感觉,接过太田静子那封电报的人并不是他,而是美知子夫人。既然上面写着"太",自然会想到太田静子。这让人不禁感慨,太宰真是个如同漏底茶勺般不谙世事的公子哥。

当然,太田静子也是个不折不扣的大小姐。无论她再怎么想见太宰,也应该再忍耐一些时间。那个回复实在太快了。无论如何也应该先让对方焦虑一段时间,卖卖关子才好。

然而她并不熟悉那种恋爱的花招把式。想必太宰也是深知这点,才会用"有空"这种刻意谦逊、保持距离感的措辞。

他确信,就算这样,她也定会一口咬上自己抛出的诱饵,马上到东京来。即便如此,头天十点也委实太早了。就不能等到午后吗?

"我出门走走。"

太宰难以轻描淡写地说出那句话。然而他也无法一言不发地出去。我认为,太宰心中一直保持着某种忠诚,无法像《维庸之妻》的丈夫那样面不改色地背叛妻子。

母亲来到正如信中所写的那扇西式大门前,呆站了好一会儿。想到太宰一定就在门后,她不禁感到脑中一片空白。

"打扰了。"

她好不容易鼓起勇气喊了一声,却见一名看起来很亲切的女学生来开了门。仿佛是房子主人家的女儿。

"太宰先生今天还没来,我带您到他家去吧。"

少女带头走在河边的路上。当时母亲为何没想到美知子夫人也会在家中呢。如果她想到了,定会独自慌忙返回车站。

直到此时,母亲都没意识到自己发的电报给太宰家带来了多么沉重的气氛。

两人走到她似曾相识的拐角。

"我去叫他一声。"

少女说完便跑走了。不一会儿,身穿黑斗篷的太宰走了出来。

"他怎么了?脸色好差。"

母亲在心中喊道。因为他穿着磨损的木屐,袜子也破了个洞。她忍不住闭上了眼。眼前的太宰与三年前来到下曾我的太宰判若两人,瘦削而憔悴。与她同来的少女不知何时离开了。

"我们往吉祥寺走吧。"

他短促地说。

太宰治袜子上的破洞,可能与当时妻子的身体状况有关系。因为美知子的预产期就在三月。但更重要的是,他当时应该没有钱了。津轻老家不再给他寄生活费,这开始影响到他的生计。他给在京都帮他校正书稿的堤重久写信,希望能尽快安排稿费之事。甚至在写给责编的信中低声下气地请求,能否提前发放两千日元稿费作为过年资金。与此同时,被烧夷弹摧毁的房子也要花钱修理。那时正值圣诞节前夜。

木工开始干活后,他就难以在家中写作,便慌忙出去寻找工作室——最好是方便太田静子来访,富有浪漫气息的西式建筑。

然而他实际能租到的却是只有一扇西式大门的普通房子。而且还只能在女屋主出门工作时使用。

两人穿过井之头公园向吉祥寺走去,太宰一直在为两人的重逢竟变成这样而后悔。他觉得,应该再把时间往后推一些。又或者,他更想威风凛凛地亲自造访下曾我。他想把自己好好打扮一番,让太田静子觉得自己是个"好男人"。

结果他却以这副落魄的样子出现在她面前。这一切都怪太田静子太过着急。他恨极了走在身边的这个女人。只要拿到日记,就赶紧与她分开吧。今天一定要提看日记的事。我想,这就是太宰当时的心境。

"在帝都线沿线的久我山附近找一间静子喜欢的房子,也不错。"

两人在下曾我谈心时,他忍不住说出了那样的话。久我山步行到井之头公园非常近,当时的太宰治琢磨着,两人可以经常在那里幽会。

抬头看着公园里的枯树,太宰愈发愤愤不平了:自己好不容易才熬过了年末,这女人却是一副无忧无虑的样子;明明口口声声说自己靠变卖为生,却还穿着这么好的和服。浅绿色的披肩虽然朴素,却格调高雅。那是她母亲的遗物吗?

"你怎么戴着口罩?"

他忍不住说了句无关紧要之词。

"感冒了吧。"

看着母亲仿佛要流下泪来的侧脸,他语调一下子温柔起来。

穿过公园到吉祥寺车站并不需要多久,太宰推开了一间旧屋子的大门。入口处写着"大波斯菊"。母亲并不知道这是什么地方。

"老板娘。"

听到太宰招呼走出来的,是一名肥胖的中年妇女。

"呀,这就是静子小姐吧。"

她直直看向太田静子。这人为何知道她的名字呢?

"夫人身体怎么样?"

老板娘把酒端到客厅被炉桌面上,对太宰问了一句。

"昨晚开始喊头痛,正躺在家里休息。"

"夫人现在的身子可不一般,你得好好照顾她。"

母亲吃了一惊。她此时才知道,美知子夫人竟怀有身孕。

"我有要事要对你说。"

太宰的声音仿佛远在天边。

3

"我有要事要对你说,到邻屋去吧。"

太宰站起来说着,牵起了太田静子的手。

"小妹妹,千万不能去。我坏话不多说。老师是个心灵扭曲的人。"

老板娘挡在房间门前。方才的"静子小姐"已经改口成了"小妹妹"。

"走吧。"

太宰拉着母亲的手,走进旁边的小房间。拉上幛子门后,两人站在空无一物的榻榻米上。没有生火的房间,如同冰窟一样寒冷彻骨。冷风无情地敲打着窗户。

太宰低着头,一言不发。

"您说的要事,是指那个吗?"

母亲开始头晕目眩。她仿佛知道答案,实际却一无所知。

"当您为了世界进步而走上断头台,静子也会随您而去。"

由于沉默过于压抑,她忍不住脱口而出。

那句话无论怎么想都很夸张。然而,她当时心里应该是无比认真的。

太宰在《右大臣实朝》中引用的源实朝的短歌,深深吸引着她。

寰宇流焰,皆阿鼻业火。形无可遁,哀此生枉然。

她从这首短歌中看到了断头台的影子。

若她与太宰被一同送上断头台,那究竟是为了何种进步呢?当时母亲心中闪过的,或许就是后来出现在《斜阳》和子信中的"道德革命"。

作为一个未婚母亲,为有家室的太宰生下孩子,这种决心对她来说,有着不亚于共同赴死的痛苦。然而那只是太田静子个人的想法,当时的太宰治又如何呢?其实在考虑这个问题之前,太宰必须先对她说出一件事。

对"小说即吾命"的太宰来说,那是比生命还重要的问题。正因为如此,他迟迟无法开口。然而在对方脱口说出"断头台云云"之时,他突然感到松了口气。他凑近对方,紧紧握住了她的手。

当时母亲眼中的太宰,露出了喜不自胜的笑容。他一想到现在的自己就是《藤十郎之恋》中的藤十郎,必定体会到了极大的快感。

"我想要静子的日记。"

太宰一句话让母亲脑子一片空白。原来这人一直想说的,只是这句话而已。他想要的,只是日记而已。她突然觉得自己是何等寒酸,何等可悲。

然而她当时应该忘记了一件很重要的事。那就是去年秋天她给尚在津轻的太宰写的信。

"我想要个孩子。"

她写下这句话后，又附上了这行文字。

"下次您来下曾我，我想让您看看回忆母亲的日记。"

这怎么看都不像单纯请他评价，而完全可以理解为"请使用我的日记"。太宰曾对太田静子说："你身体看起来不够强壮，应该不适合写小说。还是写日记吧。"

母亲遵照太宰的话开始书写日记，同时也并未忘却太宰的《女生徒》和《正义与微笑》都由别人的日记改写而成。

"我把身体、心灵和日记都向太宰敞开，想寻觅活在太宰笔下的自己。"

我读高中时，每当听到母亲这样说，都会浑身颤抖，想拔腿逃离。可是现在，我正试图把它当成事实，冷静地接受它。

母亲这种心情和想给太宰生孩子的想法，是同时出现的。从当时母亲的日记中，也可以看出这点。

想来，我将通过太宰之手，在太宰的作品中

活下去。

昭和二十一年十一月的日记中,有这样一段文字。做出这一决定前,母亲心中一定无比痛苦。或许因为如此,她的决定就更加难以动摇。

然而真正来到东京,听见太宰亲口说"想要日记"时,她还是陷入了深深的悲痛。她觉得太宰对自己并无爱恋,同时又意识到如同孩子般细心呵护的日记将不再属于自己。

"这次准备写的没落贵族小说,无论如何都需要用到静子的日记。我准备以津轻的家为舞台,让静子成为主人公的情人。最后,就是死。"

太宰说完,她就沉默了。她说当时不想再听到任何一个字。

严格来说,津岛家属于明治维新后靠私贷发家的新兴商人地主。如果用太宰一直念念不忘的契诃夫《樱桃园》中的登场人物来打比方,就是向郎涅夫斯卡雅夫人买下樱桃园的罗巴辛。日本投降后,驻日盟军总司令部开展农地改革,津岛家因此失去土地,太宰也就没有了经济来源,但他从一开始就与《樱桃园》的女主人公有着本质上的区别。即便将故事舞台设在津轻,当中也有难以逾越的鸿沟。在我看来,太宰是在与太田静子的对话中意识到这点的。

他眼前突然浮现出躺在小田原医院病床上,阅读《右大臣实朝》的太田纪沙女士的身影。

"我母亲就像《樱桃园》里的郎涅夫斯卡雅夫人。"

过去曾这样对他说的静子,仿佛也与郎涅夫斯卡雅夫人有了几分相似。她们都是不知将来如何生存的女性。

他眼前的太田静子,如同婴儿般呆滞着。或许,太宰当时曾经想过,自己俨然成了罗巴辛的化身。

"小说写好后,我给你一万日元。"

太宰这样说道。母亲当时痴痴地想着,如果能拿到一万日元,那该多好呀。这样的对话实在太淡漠了。

为了与久违三年的太宰相见,她特意穿上了太田纪沙女士留下的大岛绸和服,披上了纪沙女士的浅绿色披肩。当时家中只剩下寥寥几件上等和服。这种靠变卖为生的生活，最多只能再维持半年。

"你一人的生活，总有办法过下去的。"

若太宰没有在信中写下这句话，她可能就遵照舅舅的安排去相亲了。

或许母亲重新恢复了勇气，决定照太宰所说，今后要以秘书身份协助他的创作，并赚取薪酬。

"好了，我的话都说完了。"

太宰当时的微笑，无比悲伤。

对于两人在吉祥寺站前的大波斯菊酒吧、那间冰冷的房间里究竟坐了多久，母亲并没有明确的记忆。我认为，那足以证明"我想要日记"这句话对她造成了多大的打击。

那天，太宰带她去拜访了同在三鹰的龟井胜一郎家。

那在去大波斯菊之前还是之后，母亲也记不清了。大波斯菊是龟井时常光顾的店。店里的老板娘是个文学女性，此前太田静子拜访的西式大门房子就是她家。当时出来应门的开朗少女，就是老板娘的女儿。

两人走出店外时,昏暗的天空里已经亮起了星星。周围没有风。他们走出公园,来到河边的道路上。母亲边走边凝视着沿路的樱花树上不合时节散落的枯叶。

"老师,您要去哪里?"

行道树另一端的树林里,突然传来大波斯菊老板娘的呼声。

"夫人现在可不是一般的身子呀。"

如同空谷回声的话语,在母亲胸中激荡。是啊,我什么都不能做。还是交出日记与他道别吧。想到这里,眼泪就流了下来。太宰并不理会,推着母亲不断往前走。

"千万别在意。静子只要听我的话就好。"

早晨已经走过一遍的沿河道路,夜幕降临后显得无比寂静。太田静子突然想起,她把口罩忘在了大波斯菊。就在那时,太宰猛地抱紧了她。

"都三十岁了,还像个孩子一样呢。"

两人并肩坐在鳗鱼摊的长椅上,太宰惊讶地看着她肿胀成紫色的唇,如此说道。

那天晚上,太宰决定在洋画家樱井浜江的画室里借宿一夜。樱井先生是深得太宰喜爱的好朋友。

"樱井先生,电报,电报。"

他捏着嗓子叫了几声,同时敲响玄关门。他们好像一直都是这样打招呼的。出现在门口的画家一头短发,穿着毛衣,身材又瘦又高。

画室很宽敞,墙上挂满了画作。那都是些陶罐的静物画。青色、灰色、橄榄色,所有陶罐都显得冰冷寂寥。母亲凝视着其中一张蓝色陶罐的画。

"我想要日记。"

听到那句话时心中感到的寂寥,此时又涌了出来。为什么会如此寂寥呢?创作之业竟如此艰深,连她自己都没有想到。她彼时只想躲进画里那个蓝色陶罐最深处。

不知何时,太宰来到了身边。仿佛恶魔悄悄出现在身后。

"等您到下曾我来,我把日记给您看。"

母亲盯着蓝色陶罐,低声对他说。她无论如何都不想在怀着身孕的美知子夫人所在的东京交出日记。

"知道了。二月我会到下曾我去。"

太宰这么说着，惊觉这个孩子般的太田静子也有让他头疼之处时，内心想必蹿过了一阵冰冷。

　　生而为人，我很抱歉。

太宰擅自挪用了这一行诗句，使写下它的诗人感到"生命被偷走"，从此行踪不明。那个诗人就是太宰的好友山岸外史的表兄弟寺内寿太郎。他赌上了自己的整个人生，才孕育出那样的诗句。

母亲当时可能还不知道太宰这段年轻时的往事。她打从心底里认为，将日记献给艺术的恶魔是一种无上的愉悦。然而与此同时，太田静子可能也想亲自将日记书写下去。她并不想放弃文学的梦想。

那天晚上，樱井先生、太宰治和静子三人并排睡在了画室里。第二天清晨，她起身到井边洗脸，发现太宰也起来了。当时他穿着一件久留米扎染的和服，显得格外精神。明明昨天刚见面就发现了太宰袜子上的破洞，可那天早上她还是觉得太宰很美。

十点左右，两人离开樱井先生家。昨夜车站前的鳗鱼摊还没开门。尽管已经走到检票口，两人还是依依不舍。他们越过车站道口，顺着偏僻的小路走到站外，又掉头走了回来。站在检票口前，太宰说：

"我不想让你回下曾我。"

他的声音如同呐喊。

知道自己终于能看到母亲的日记，他的心情想必格外亢奋。那种一定能写出好小说的兴奋和恋爱的心动重叠在了一起。他从一开始就被太田静子不同寻常的天真所吸引。然而跟藤十郎一样，他此前并没有察觉那是爱恋之情。

而当他确定自己能得到日记后，开始觉得这绝对是真实的恋情了。原本只想刻意演戏，现在却成了真心。

然而此时此刻，他又意识到自己无法轻易得到那本日记。他必须让她认定，自己能与她生下孩子。可是，现在的他是否做好了那种准备呢？不管怎么说，那都意味着自己将对怀有身孕的妻子保守一个重大的秘密。

　　如我再次破坏婚姻，请将我斥作彻头彻尾的狂人，并弃之脑后。

订婚时写下的誓约书，在他脑中挥之不去。
走到通往站台的楼梯下，太田静子回头看了一眼。她的木屐声消失后，太宰突然忍不住想哭。
就在那时，他感到心中传来一个陌生而温柔的女性声音。

　　即使人面兽心又能怎样呢？我们只要活着就行了。

那是《维庸之妻》的女主人公最后说的话。

4

　　开镜日①第二天的宁静黄昏,太田静子沿着朵朵梅花点缀的河边,一个人走着。

　　她刚领回了配给的大米。下曾我的梅花开得比往年要早,因为正月七日从三鹰回来后,气温持续回升。

　　穿着毛衣的母亲把脸凑到刚刚绽放的白梅旁边。淡牡丹色的毛衣仿佛衬托了白梅的清纯。那些白色梅花,让她联想到了自己的孩子。她想起出门时收到了太宰的来信。

---

①开镜日,将正月供奉给神明的镜饼撤下来食用,对神明表示感谢,祈祷无病无灾的日子。一般在一月十一日或十五日。

近来可有变化?昨天也没收到你的信,让我担心你是否生病了。

后来我每天都到工作室工作,但《维庸之妻》却迟迟未有进展。目前还不知何时才能完成,总之我打算二月上旬去拜访你,届时还请多多关照。

请联系我。保重身体。不尽

此时距两人时隔三年在三鹰重逢还不到一个星期。在如此短的时间里,他竟心急如焚地等待来信,这让母亲歉疚。若换作平时,她刚与太宰分开就会迫不及待地想给他写信。然而这次却跟以前不一样了。

"我真的爱上了那位先生吗?"

她突然不清楚自己的答案了。

她向来奉太宰为文学之师,应该也怀有对他的爱慕之情。她一点儿都不想要别人的孩子。她只想要太宰的。可是她突然疑惑了起来,那种心情究竟算不算爱恋?

"我想要静子的日记。"

太宰那一句话,让她感到眼前的一切都如此模糊。

实在过于单刀直入了。她始终无法忘却听到那句话时，大波斯菊店里的肃杀冰冷。磨损的榻榻米地板，仿佛映出了太宰的心境。

太宰的心只放在了日记上。想到这里，她更加忍不住要说"等您到下曾我来，我把日记给您看"。当然，那句话也关联到了"想要孩子"的愿望。

"我想要孩子。"母亲早已在信中明确写下了那句话。最先单刀直入的人，就是她自己。还有比那更直白的说法吗？

然而"我想要孩子"传达的是太田静子火热的心，太宰那句"我想要日记"中传达的却是她切切实实感受到的太宰的冷漠。

"请把你的日记提供给我。"

"我想看看你的日记。"

如果他用的是这些说法，母亲受到的打击或许会少几分吧。因为即使太宰不说，母亲也打算把日记给他看。

　　每天都要大摇大摆地去找你。我觉得，那样一定能做好工作。不会有损你的尊严。

那样的话,就能得到"附录"。小时候读杂志的新年号,我都是喜欢附录多于杂志本身。

昭和二十一年十月,太宰离开津轻前不久寄出的信中,写着这样的话。太田静子将"附录"直接理解为了孩子。然而我感觉,他那个词指代的或许只是单纯的愉悦罢了。对母亲来说,性的目的只有生育孩子。她很难想象以快乐为目的的性。

我想看见自己,在太宰的小说中,开出层叠的花瓣。

翻开她去三鹰与太宰见面之前写的日记,我看到了这么一句妙语。然而日本战败那年十二月,太田纪沙女士临终那天的日记中,她却写下了更为真实的内心呐喊。

若女人活着便是怀着身孕刨挖洞穴的女蛇姿

态,那我也要那样活下去。

太宰打算先用变化球避开太田静子的这种想法。他现在只想考虑如同杂志附录般纯粹的快乐。

如果她真的一心只想着"我想要孩子",面对太宰那句"我想要日记"时,便不会受到如此大的伤害。日记就是她的孩子,失去那个孩子,就意味着失去文学的梦想。母亲时常无比悲伤地对我说,她感觉那样自己会死掉。

太田静子如此重视自己的日记,这点他应该也注意到了。同时他也充满自信,确定即使这样她也会对自己言听计从,便说出了那种露骨的话来。

"我想要日记。"

"我想要孩子。"

两人的心思如同童谣游戏般你来我往,然后便有了我。若太田静子没写日记,太宰或许就不会到下曾我去。另一方面,正因为他是名小说家,母亲才会产生想要孩子的心愿。她悸动的,其实是他怀抱的艺术。母亲凝视着刚刚绽放的梅花,突然明白过来。

然而当时无论太田静子怎么否认,她都对太宰治这个人动了心。正因为如此,她才会如此清楚地提出"我想要孩子"的愿望。

太田纪沙女士去世后不久,母亲曾给太宰写过一封商谈的信。她在信中称呼太宰为"M·C先生"(My Chekhov),又在下一封信中称其为"My Child",最后又变成了"My Comedian"。

这些称呼全被用到了《斜阳》当中。剧作家矢代静一曾写下过"真好呀""好羡慕"的感想。法语中的Comédien只有"演员"之意,所指并非"喜剧演员"。太田静子写下的"My Comedian",真的只是单纯的心血来潮吗?

我渐渐觉得,她有可能从一开始就意识到,太宰的微笑就是《藤十郎之恋》中藤十郎的微笑。若如此,便意味着她将自己也变成了演员(Comédien),演绎着与藤十郎配对的人妇角色。

换句话说,这两人有着"狐狸与狸猫相互欺骗"的一面。当然从印象来说,太宰治是狐狸,而太田静子是狸猫。她顶着一张无比纯粹的天真面孔,将狐狸太宰耍得团团转。继那封写着"My Chekhov"的信之后,她马上又写下了"我不是契诃夫《海鸥》里陷入对作家恋情的妮娜"。

迟迟收不到下曾我的信,太宰开始感到焦躁。或许她突然不想让自己看日记了。那可不太好。

此时太宰才开始后悔自己开门见山地说了"我想要日记"那句话。当时根本没必要表现得如此急迫,完全可以等到他去下曾我再说。他一边后悔,一边在心中纠结,太田静子的心实在太难懂了。

事情不该变成这样。即便交出日记会让她感到寂寥,他也觉得太田静子应该更疯狂地爱慕着自己。那天夜里两人在河边的激情拥抱,莫非没有点燃她的热情吗?

他感到自己身为男性的自信瞬间倒塌。既然如此,他便要尽快完成《维庸之妻》,马上赶赴下曾我。那种焦躁感,或许被误解成了对她的思念。

《维庸之妻》之所以难产,是因为太宰心中那种小市民的道德观与大恶棍维庸全然不吻合。反倒是对人盲目信任的妻子,描写起来更显自然。他在创作时,心里时刻想着小山初代和田部目津子这两位天使。

太田静子并没有像那两人一样对太宰照顾有加,反倒总是一副呆呆的样子。只是,他能完全掌控那两位天使的心,甚至包括她们的过错。唯独太田静子的心,太宰很难掌控。

在她的信中看到"My Comedian"一词时,太宰可能浑身都在颤抖。他一定感觉自己刻意的表演被看穿了。由于惊吓过度,他反而自始至终对此事缄口不言。

与此同时,太宰又松了口气,因为这样一来,他就能在太田静子面前光明正大地展示狐狸蓬松的大尾巴了。自两人相识那天起,太田静子就能给他带来奇妙的安宁。那种感觉就是他信中写的"休憩的草原"。

"跟太田静子在一起,我仿佛能创作出一个又一个全新风格的作品。"

带着这样的确信,狐狸首先想到的应该是拿到那本日记。

太田静子抱着配给的大米回到家中，比她小两岁的弟弟武正坐在餐厅椅子上看报纸。他原本是东芝的员工，所以从九州连队复原回来后不久，就到了平塚的工厂上班。每周他都会到下曾我的姐姐家住几天。

"太宰先生给《东京新闻》写了织田作之助的追悼文。"

他知道姐姐入了太宰治师门，便这样说着把报纸递了过去。

一月十日，织田作之助突然去世。正在《读卖新闻》连载的《土曜夫人》一直坚持更新到了他死前一个月，那年他才三十五岁。他是在大量反复咯血的病痛中坚持创作的。

母亲很喜欢这部连载小说。在战后动荡不安的环境中，男人和女人都在拼尽全力生存。她也想走进那激烈的风雨中，加入他们的奔跑。

　　织田君的死
　　织田君一直想死。我只通读过织田君的两个短篇小说,也只与他见过两面。第一次见面,还是一个多月前。因此我们的交情并不算深。

可是,我认为自己比大多数人都能深刻感知到织田君的悲伤。

仅仅读了开头几行文字,太田静子就满心感慨。因为她比任何人都清楚,织田作之助的悲伤,就是太宰治的悲伤。

面对死亡的悲伤,交心之友的死该给他带来了多大的打击。她想,太宰应该是给自己写了信后,才得知他的死讯。

第一次与他在银座见面,我就想:这是个多么悲伤的人啊。因此,我也感到了难以言喻的痛苦。因为我仿佛看到,他的前方除了死亡的坚壁,别无一物。

这家伙想死。而我毫无办法。前辈的忠告只是恶俗的伪善。我只能在一旁注视着他。

怀着死念依旧奋笔疾书的人。我感觉，现在这个时代需要更多这样的人。可是环顾四周，却寥寥无几。这世间是多么无稽。

那些所谓的成熟人士，或许会将织田君的死斥为缺乏自重，板着自以为是的面孔予以批判，但我要说，别再不知羞耻了！

……

杀死织田君的人，不正是你吗？

他的溘然长逝，是他做出最后抗议的悲伤的诗。

织田君！你，干得好。

太宰写下这句话时，仿佛心里期望的也是最后能被人称赞"你，干得好"的死。面对褪去了狐狸外衣的太宰，太田静子被他的气魄深深打动。

她想起织田作之助短篇小说《影绘》的结尾。男人盯着遭遇事故肠穿肚烂，正被死亡吞噬的白色小狗。他注视着拼命与残酷死亡搏斗的小狗的悲伤，心里突然想，自己也不能因为区区肺病轻易被夺去性命。

即使面对死亡，织田作之助的心始终向着光明。这样的结局，透着一丝希望之光。

她希望，太宰正在创作的《维庸之妻》，也能透出那样的微光。

她很想祈祷，《斜阳》能变成一部更加明亮的小说。如果自己的日记能派上这种用场，她一定会很高兴。这几天一直挥之不去的内心阴霾，仿佛在那一刻一扫而光了。

母亲走向山庄顶层的西班牙式卧房。她想在那里给太宰写信。

　　光明是否有着毁灭的姿态。

《右大臣实朝》中实朝说的话，仿佛在空中缭绕。母亲摇了摇头。她不愿去思考毁灭。她只想思考活着。

5

下曾我梅花初放的夜晚,太田静子一口气写成了给太宰治的信。

那封信很长。她知道,一旦交出了日记,自己创作小说的梦想也会随之消失。为此,她一直忍不住悲痛的哭泣。可是现在,她又想看看自己写的东西,会在《斜阳》这本小说中开出什么样的花朵。她在信中写道,若能看到花儿绽放,她甘愿就此死灭。

"死灭",这着实是个夸张的说法。她在这两个字中,可能融入了断绝文学梦想的心境。可是在那封信中,同样可以将其理解为自身性命的终结。太宰治无疑想这样去理解。若太田静子死去,留下她的日记,他定能写出无尽悲伤的小说。那正好完成了他"沉睡似的罗曼"的夙愿。

> 我与你所想略同。
> 二月二十日左右将会上门拜访。我准备在你那边玩耍两三日,随后到伊豆长冈温泉小住两到三周,开始创作从你日记中攫取灵感的长篇。
> 我要写出最美的纪念小说。

昭和二十二年一月,太宰很快给她寄了这样的回信。"所想略同"究竟是指什么?莫非太宰也在思考自身的死灭吗?或许,他打算在完成《斜阳》这部还只有标题的小说后,与她共赴黄泉路吧。

可如若这样,"玩耍两三日"这段文字就显得过于漫不经心了。其中完全没有透露出两人的关系开始趋向死亡的气息。最后那句"我要写出最美的纪念小说"让人一颤。母亲明白那是预示离别的话语,但还是被"一切都好"的心情所占据了。

这不是恋情。

太田静子在回信中刻意写下了这句话。她极力将生孩子的想法也归到艺术的延长线上。一旦把它当成真正的男女爱恋，就太痛苦了。

与此同时，太宰治看到这句话应该也松了口气。他心中点燃的爱恋之火因为这句话而不断衰弱。他开始想，此前那种心境可能出自再也看不到日记的焦虑。

更重要的是，他明白了三鹰那一夜的激情拥抱，并没有让她产生厌恶之情。这下他可以大摇大摆地到下曾我去了。

此时他也终于完成了《维庸之妻》。那应该是昭和二十二年一月十日织田作之助突然辞世后，他一口气写完的。从那流畅的对话中可以看出，他后半部分的创作已经不再为难自己了。

"工作算不得什么，也没有什么杰作和拙作之分。人说好就会好,人说不好,就怎么都不好。就好像呼出的气和吸进的气一样。可怕的是,这世上确有神灵存在。真的有神灵存在吧?"

"哦?"

"有吧?"

"我可不知道。"

"是嘛。"

想把《维庸之妻》写成杰作,想把《斜阳》写成更大的杰作,这种心劲儿随着他最喜爱的织田作之助的死,消失在了未知的角落。

告别织田作之助仅仅两周的一月末,太宰又经历了一场离别。从津轻回来后与他同住了两个月的弟子小山清,要出发到北海道煤矿当矿夫了。太宰一家疏散到外地时,是他独自一人留在三鹰看家。

夫人孩子先行疏散后不到一个月,昭和二十三年四月二日,三鹰遭遇了前所未有的猛烈空袭。当时,太宰和小山清还有正好来访的爱徒田中英光三人跑到防空洞中避难,却又被塌陷的砂土掩埋到了胸口。

几天后,太宰决定转移到美知子夫人的娘家甲府。太宰开始惜命了。那时,他突然产生了创作好作品的强烈意愿。见小山清主动要求留下来看家,他心里一定十分宽慰。

他是个靠送报纸为生,同时努力学习小说创作的淳朴青年。他曾对田中英光说:"太宰先生是我们的 last man。"当时曾作为赛艇选手参加过洛杉矶奥运会的强健男儿田中还帮他纠正道:"是 last one。"

太宰死后一年半,即昭和二十四年十一月,田中英光在太宰墓前自杀。

"今后你要与田中互相信赖扶持。"

出发前往津轻的前一日,太宰对两人这样说。这是昭和二十五年小山清在太宰追悼文中记述的内容。太宰曾送过他一束蓟花。

"我一看到小山寂寞的样子,就不知该如何是好。"

太宰曾在酒馆里这样说。像这样,太宰治口口声声说着"人好可怕",却依旧能对向自己敞开胸怀的人轻易报以令其心中一热的话语。

小山清还说,自己虽然已经三十岁了,在太宰眼中还是非常年轻。他仿佛把自己当成了二十出头的少年。然而,他对太田静子却说了完全相反的话:

"家门口坐着一个上了年纪、一本正经的书生。"

听到这句话,母亲当时联想到的,是个老态龙钟的人。小山清可能做梦都没想到,他尊敬有加的太宰治会故意把他作为调侃的话题。他在那篇追悼文中,对田中英光晚年称其为"老文学书生"的行为提出了委婉的抗议。然而那句话实际是太宰笑着对田中说的。

"想必太宰在田中英光先生面前没少调侃,一定也把我说成了'一下就怀上的女人'吧。"

母亲曾经苦笑着对我说。

他明显很喜欢小山清和太田静子。或许正因为喜欢,才会在外面这样刻意调侃。

然而反过来,哪怕别人稍微调侃他两句,他一定会铁青着脸与其绝交,想必还会恶狠狠地说:"早就说了人都不值得信任。"那句话首先该说给他自己听。太宰治的自尊心比任何人都强,却始终带着一种傲慢,没考虑到别人也各自拥有他们的自尊心。

带着妻儿从津轻返回三鹰后,小山清一下就成了累赘。那是一座分别只有六叠、四叠半、三叠大小的三间卧室,外加厨房和浴室的小房子。然而当时日本刚刚战败,考虑到那时的住宅情况,家中留宿一个人再正常不过。太宰和小山在门口的六叠房间里共同起居。怀着身孕的夫人则不得不独自照顾两个孩子。

《维庸之妻》是靠着小山的口述笔记完成创作的。除此之外,美知子夫人亲戚家的小孩住院时,他还主动去照顾病人。而实际上,他自己是个连挪动身体都十分困难的严重心脏病患者。这样一个人竟自告奋勇要到夕张煤矿当矿夫,明显会给身体造成不良影响。

"那我走了。"说着,我便走出了玄关。当时夫人突然想起了什么,拿起一叠草纸塞给我。我听到纸门背后传来太宰先生的声音:"注意身体。"那便是最后了。

小山清这样描写了他们的离别场面。太宰恐怕连他的脸都不忍心看吧。太宰在津轻的学生小野才八郎于二〇〇八年在审美社出版了《太宰治重读》。书中提到，当时自虐的太宰脑中可能闪过了"人面兽心"这个词。

　　即使人面兽心又能怎样呢？我们只要活着就行了。

《维庸之妻》女主人公的这种可怜可爱之处，让人不由得联想到从未停止过信任太宰治的小山清。即使被庸俗的男人玷污了身体，依旧坚定地爱着丈夫的女主人公，有着一种耀眼的明亮。而小山清便心怀那样的明亮，出发去了北海道。

　　可怕的是，这世上确有神灵存在。真的有神灵存在吧？

小说中丈夫那句话，仿佛是直接对小山这个基督教徒提出的。即便不是基督教徒，太宰也会在心中暗暗祈祷，北海道的他能够得到神灵的庇佑和恩宠。

我想，小山离开后，太宰才终于清楚意识到了自己对他的爱。小山清曾提到，太宰在《维庸之妻》里阐释过他对家庭的理解——"悲伤与爱与梦编织成的美丽和弦"。那就是像他那样拥有妻子的家庭。

太宰治决定二月二十一日到太田静子等候的下曾我去。

　　廿一日　午后　三时　小田原站

她是约定日期前一天下午收到的电报。当天过午，她就提前出门赶往小田原。

她靠在车站检票口附近的柱子旁，等了很久。不经意间抬头，眼前就出现了身穿华达呢风衣，头戴中折帽的太宰的笑脸。

"看到静子的脸我就想亲吻，差点忍不住了。"

两人面对面坐在车站前的咖啡厅里,太宰这样说道。随后,他又在包里翻找起来。

"里面装着威士忌。这可是三得利的,在这种地方让人看见了可不好。"

他像个干坏事的孩子一样,眼睛闪闪发光。随后,他陆续掏出面包、奶酪、黄油、罐头肉和奶粉摆在桌上。那应该是在新宿或吉祥寺的黑市上买的吧。都是母亲喜欢的东西。

太宰还当着母亲的面拆开了一盒高级香烟。若小山清彼时经过那里,说不定会被他的富态惊得晕厥过去吧。他从未见过那个样子的太宰治。

开往下曾我的列车中,挤满了放学回家的学生。由于挤不进车厢内,两人只能站在临近黄昏的列车门边。将要穿过酒匂川的铁桥时,她发现太宰面无血色。

"织田的《土曜夫人》不是有把人从列车门边推下去的描写吗?"

母亲心里一凉。她对报纸连载小说的那个场面印象深刻。登场人物之一章三把一个不认识的人从列车门边推了下去。他并没有杀意。他走上平台,想让风雨使脑子冷静下来,却被人骂了一句"蠢货",还被当胸推了一下。心中攒动着混乱自尊的章三,用尽全身力气推向男人的胸口。那人瞬间就落到了车厢外面。"你刚才杀了人对吧?"被雨打湿的窗玻璃后映出一双年轻女人的眼睛,她的眼神仿佛在这样说。

太宰在报纸上读到这个场面时,可能发现自己也有同样的冲动,从而陷入了深深的恐惧。他与田部目津子在镰仓岩滩上吞下安眠药后,眼睁睁看着她在痛苦中死去。因为她在艰难呼吸时,叫出了身在广岛的丈夫的名字,那让太宰一直耿耿于怀。那一切都是由男人的自尊心驱使的。

昭和二十一年十一月末,太宰头一次见到织田作之助。当时他们与坂口安吾三人出席了两个杂志的座谈会。太宰坦陈第一任妻子犯下的错误对他来说如同被迫喝下滚烫的开水,坂口和织田则异口同声地表示,自己也找不到拥有妻子的感觉。

太宰的心得到了很大的解放。这使他非常愉快。《维庸之妻》中出现的全新夫妻像，应该就是此时诞生的。

当晚，三人决定到银座罗平酒吧痛饮畅谈。当时摄影家林忠彦也在那儿。他捕捉到的太宰的笑容，明亮得近乎耀眼。

"织田的脸毫无血色。"

太宰倚靠在车门边上这样说着，母亲没有回话。她感觉，眼前这个人的苍白面孔，已经近乎遥远黄泉之人了。不一会儿，前方出现了车站昏暗的站台。

织田作之助的小说中经常出现站台。当时母亲感觉，织田带着只在照片上见过的笑脸，独自站在昏暗的站台上，不断向他们靠近。

"我可以跟他一起，径直到织田先生所在的地方去。"

母亲心中突然冒出了这样的想法。

6

两人来到国府津站换乘下曾我列车时,已经临近黄昏了。他们决定坐在站台长椅上,等待御殿场线的下行列车。

暮色渐浓的大海近在眼前,深蓝的海水仿佛在发光。母亲心中默念,这就像大海深处的长椅呢。

"我曾在梦中见过这般光景。"

太宰的声音很明亮。

"梦里那片海就是这个颜色。唯一的不同是我梦里在下雪。连这张长椅都一样。静子穿着白大衣,戴着白帽子,套着白长靴。旁边还有个小小的女孩,打扮得跟你一模一样。我在梦中也带着一瓶威士忌。"

海上现出了格外明亮的星辰。方才还在近旁的黄泉国的织田作之助,如今仿佛化作星辰,对她露出了微笑。

来到下曾我站,天已经完全黑了,车站前的道路空荡荡。两人向左拐弯走了没多久,就闻到空气中沁着梅花的芬芳。河边有一片梅树林。下曾我的梅花,已经盛开了。

"静子也有梅花香。"

太宰边走边兴奋地说。三年了。他上次来下曾我还是一月,当时梅花尚未长出花苞。

两人不知不觉便走到了高大的鸟居前。从那里可以看见弯曲的坡路。在和缓的坡底,有一片小小的墓地。

"好怀念啊。"

太宰说着,停在墓地前。

"那座十字架怎么了?"

"倒掉了。"

三年前,两人曾驻足在那个宛如十字架的旧路牌前,抬头凝视着。当时那个摇摇欲坠的十字架,仿佛是对他们的"模糊暗示"。

如今,那个答案仿佛已经明晰起来。今后无论变成怎样都好。就在母亲忍不住流下眼泪时,太宰用力握住了她的手。那片昏暗的墓地里,也悄悄绽放着白梅。

两人面对面坐在餐桌旁,太宰又从包里掏出白面包、奶酪和肉罐头。

"我很擅长切面包。"

太宰说着,切开了山形吐司面包,动作意外的娴熟。随后又切好了奶酪。

"您的动作好灵巧。"

母亲瞪大了眼睛。

"我在家什么都不做。"

那句话让母亲胸口一阵刺痛。她意识到,太宰十分爱自己的夫人。

他关掉天花板上的吊灯,只留隔壁中式房间的落地灯。昏黄灯光中,太宰低垂着头,仿佛达·芬奇《最后的晚餐》里的耶稣。

"这样好像在与耶稣共进晚餐呢。"母亲忍不住说。

"这是我最美的晚餐。"他微笑着说。

"我要写出最美的纪念小说。"他一定想起了不久前写给太田静子的信。

"若是葡萄酒就更好了。"

随后,他又把带来的威士忌倒入两人杯中。干杯过后,他又从背包里拿出《圣经》,安静地朗读起来。

"他们走路的时候,耶稣进了一个村庄。有一个女人,名叫马大,接他到自己家里。她有一个妹子,名叫马利亚,在耶稣脚前坐着听他的道。马大伺候的事多,心里忙乱,就进前来说:'主啊,我的妹子留下我一个人伺候,你不在意吗?请吩咐她来帮助我。'耶稣回答说:'马大!马大!你为许多的事思虑烦扰,但是不可少的只有一件;马利亚已经选择那上好的福分,是不能夺去的。'"

那是《路加福音》第十章的结尾部分。

"你明白吗?静子只要保持现在这样就好。只要相信我的话就好。"

太宰说着，又开始朗读《路加福音》第二章的一节。

"马利亚却把这一切的事存在心里，反复思想。"

不知何时，太宰坐到了母亲身旁，轻抚她的头：

"静子是个好孩子，千万不可忘掉圣母马利亚这一节哦。"

母亲如坠梦境，心想那位贤惠的夫人定是马大，而她则是坐在耶稣脚前听他说道的马利亚。

我觉得，那是一种自大的想法，而问题根源在于让她产生那种想法的太宰。他仿佛在说，自己就是耶稣基督。那是何等的妄自尊大，可他却真的那般自以为是。

太宰治对太田静子说，只可相信他这个唯一的绝对神。然而这尊神却有另外一副恶魔面孔。或许，该称其为"艺术的恶魔"。

"日记在哪里？"

如同献祭羔羊般倚靠着太宰的她，此时猛然惊醒，她已经不介意给他看日记了。她觉得，将身心和日记全都献给他是如此自然。然而一想到日记终于要离开自己，她心中突然涌出了无尽悲痛。

"在二楼书桌上。"

母亲突然陷入了不安,那本日记说不定并非太宰心中所想的那样。

"我一心一意记录了我与母亲的生活。本以为那是如陷泥沼的人生,下笔时却如同走在云端。"

她变成了哭腔。

"没关系,我去二楼看看。"

太宰说完,拿起背包独自上了二楼。

母亲在餐厅里收拾餐具,其间数次倒在地上无力起身。

"怎么办?那根本不算什么。那只是我对另一个自己说的话,只是普通的日记啊。"

她脑中一直回响着这句话。

"静子,静子。"

她好像听到太宰在二楼叫她。母亲取出烛台点燃蜡烛,走上了二楼。日记似乎已经不再那么重要了。如同走向罗密欧的朱丽叶,她感到身体变得火热。

太宰站在楼梯顶端，蜡烛的火光映得他的瞳孔变成了绿色。太宰牵起母亲的手，像这座房子的老住户般，径直把她领到了房中。窗边的书桌上，摆着那本日记。

"太好了，这就是我想要的日记。"

太宰让母亲坐在长椅上。

"其实我很不喜欢深夜待在如此空旷的二楼，因为我害怕黑暗。不过静子在这里，我就不害怕了。"

他一边说着，一边不断亲吻她，心中充满了总算读到日记的兴奋。

"我觉得，静子的日记里有很强大的东西。你在令尊忌日那天晚上，不是向天国的令尊报告说'静子回到了纯净的往昔'吗，那就是你的强大。那是弱者永远无法得到的强大。唯有强大的人才能坚持率真的生活。现在的静子比以前还要纯净。在这样的静子旁边，我仿佛置身童话王国。"

母亲心里也有同样的感觉，却无法说出话来。

"我在三鹰每天晚上喝完酒回家，都会呼唤静子。你听见了吗？"

"我被疏散到津轻后,突然很想工作。每次投入工作时,我都会想起静子。然后每次都会充满干劲。"

静子凝视着天花板,倾听太宰的独白。

"那披着蓝斗篷的马利亚,看起来十分悲伤。"

他盯着墙上的一幅画。那是意大利威尼斯画派画家创作的市井马利亚。那幅据说产自米兰的名画海报,是母亲十年前在银座·伊东屋购得的。市井马利亚怀抱幼子,茫然仰望虚空,她脸上的悲哀深深吸引了母亲。

"静子不会变成那位马利亚吧?"

那究竟是什么意思,她不太明白。

"那位马利亚抱着孩子,像卖火柴的小女孩一样贫穷。"

画上的马利亚悠悠晃动,仿佛在哭泣。那或许是自己将来的样子。她想,即使那样也没关系。

不知何时,枕边的烛火熄灭了。在太宰怀中醒来的太田静子,感觉两人还摇曳在深蓝的海上。

"已经早上了吗?幸福。我此生头一次有这种感觉。"

那声音如同丝绒般柔和。

吃完早餐后,两人并肩站在阳台上。眼前是一片大海。

"跟国府津站台上看到的海一样呢。"

太宰说。

"那时我也想到了织田作之助。"

"我也是。"

"我总会不由自主地想起他。"

"织田先生一边吐血一边坚持写作,直到最后都没有放弃生的希望。"

"他从未想过自己的死,而我则一直想着自己的死。"

"您不害怕死吗?"

母亲又把以前的问题重复了一遍。

"织田不害怕死吗?"

太宰只是这样呢喃道。

"三年前,我们两人到小田原城遗址散过步呢。"

他安静地说。

"那时我也说过想死的话。结果突然听到石缝里传来了声音。"

"我也吓了一跳。一个好像神灵的声音在说:'你要活下去。'"

"原来那是躺在大石头上的学生,或许他当时马上就要参军了。他的声音跟织田很像。"

"对啊,织田先生一定也在天上对您说:'太宰,你要活下去。'"

"嗯,我现在想活下去了。今早静子下楼到餐厅后,我一个人躺在床上吃吃笑了起来。看来静子发出的电波一直传到了我心里。我本想思考一下,为何会感觉如此幸福。可我发现,自己已经幸福得无暇做那些思考了。"

母亲心里涌起一股暖流。在满庭院的朝雾笼罩下,白梅与红梅也如天使般微笑起来。

"我曾经想跟静子结婚,用不可思议的美丽来装点死亡。"

想必,那是两人一同赴死的意思。太宰的侧颜也蒙上了一层朝雾,然而脖子上那道自缢留下的红黑色印迹,却比往常都要清晰。

这个人还在寻死。

"请您不要死。"

静子着了魔似的说着,却见太宰露出了孩子般的哭脸。

7

清晨，两人站在阳台上看海，听见楼下有人来送传阅板。到门口一看，原来是住在对面的西久保夫人。那是一位村野之地罕见的优雅妇人，与母亲同辈，被母亲像姐姐一样依赖着。战中她不小心闹出火灾时，第一个跑去叫人的也是她。而那天早晨，站在门口的西久保夫人看上去有些恍惚。

"听说今天九点到十点有大米配给。"

递过传阅板时，她显得有些坐立不安。或许昨晚母亲把太宰带回家时，正好被这位夫人看到了。今早母亲还想对她说太宰在这里，可西久保夫人很快就转身走了。

太宰站在通往玄关的走廊上。

"她好像知道我们在一起了。"

"不是很好吗。我也跟你一起去配给站吧。"

母亲十分高兴。这让她感觉两人的关系光明正大。

"在此之前我想写个短篇,尽量赶在上午去邮局寄给出版社。"

母亲吓了一跳。短短一两个小时能写完吗?

"黎明时分,我在床上看着即将熄灭的烛火,脑中突然冒出了好故事。"

那烛火究竟能孕育出什么故事呢?

"您要上二楼(おあがり)吗?那我先去收拾收拾。"

她想起太宰的稿纸都在二楼。可就在那时,耳边响起一个尖锐的声音。

"你刚才说什么?再说一遍。"

母亲惊讶于太宰突如其来的态度转变,又把刚才的话重复了一遍。

"没有'おあがり'这种话。那就好像志贺直哉的'お殺せ'一样。志贺在小说里写了一句'父亲能够杀死（お殺せ）兔子吗'，无论怎么想都有问题。"

太宰很讨厌志贺直哉。母亲心里虽然清楚，还是忍不住说出内心想法。

"我觉得'お殺せ'也可以啊。"

"不，绝对有问题。连语法都有问题。"

太宰加重语气重复一遍，然后独自上了二楼。他的脚步声十分粗暴。早已习惯了他的温柔的母亲，彼时只能愣在原地。

太宰从二楼拿了稿纸和钢笔下来，一言不发地走进中式房间。他坐在椅子上低头写稿的背影，仿佛还在因愤怒而颤抖。

母亲坐在起居室的餐桌旁，在一块亚麻贴布上做起了法式刺绣。她想用蓝白色棉线绣出小小的蔷薇花，可拿着绣花针的手时常会颤抖。她心中的悸动也丝毫没有平息。她感觉自己头一次触到了太宰心中的烈焰。早知如此，她刚才就应该说，她也觉得志贺直哉的文字有问题。她感觉，太宰对自己的怒气，正融入他笔下的文章中。

"写得很顺利，你要看看吗？"

好不容易完成一朵蓝色蔷薇时,太宰出现在她眼前。他带着一脸爽朗笑意,与刚才判若两人。虽然接过了稿纸,母亲却害怕看到内容。

短篇题为《晨》,故事舞台设定在她今年正月初去拜访过的三鹰工作室。

"我"每天早晨九点到下午三点左右,会到那座房子里上班。屋主是个有工作的年轻女人,只在她每天外出工作时把房间借出来。女人在小说中名叫"小菊"。有一天"我"在三鹰车站前喝了很多酒,酩酊大醉甚至走不回家,实在没办法,只好在小菊家里借宿了一晚。"我"把两脚塞进被炉里,穿着斗篷就睡着了。不知过了多久,突然睁开眼,眼前却是一片黑暗。小菊给"我"点了蜡烛。烛火仿佛有了生命,兀自伸缩摇曳着。"我"呆呆地看着那个光点,心中突然产生了非常可怕的想法……

故事就是这样展开的。

读着读着,太田静子感到越来越不舒服。尤其是最后一节,仿佛直戳她的心脏。

这可不行。蜡烛一旦熄灭,就无法挽回了。

我几乎做好了认命的准备。

烛光渐渐变暗,随后痛苦地左右蠕动,忽而胀大,放出更多光亮,接着便冒出"滋滋"声越缩越小,继而消失了。

外面的天色,缓缓亮了起来。

微光渗入房间,周围不再是一片黑暗。

我站起来,准备回家。

母亲低着头把稿纸递了回去。她在想,太宰一定后悔昨晚之事了。与此同时,她心中也渐渐产生同样的想法。可太宰却笑着问她:

"没有错别字吧?"

看到太田静子因这个短篇受到打击,似乎让他十分愉悦。他还在记恨母亲没有赞同他对志贺直哉的批判,并用这种方式予以报复。

当然,也不能断言太宰心中一点都不后悔。毕竟他本来就是个优柔寡断的人。只不过,卢比孔河已经被他跨过去了①。

此时写这种文章给对方看,未免过分卑鄙了。甚至可以说,那并不是成年人应有的行为。他这样做完全没有考虑别人的感受。

"已经早上了吗?幸福。我此生头一次有这种感觉。"

太宰确实在烛火熄灭的清晨,躺在床上说过这句话。

若那句话是真的,那么,他心中泛起了一丝悔意,希望什么事都没发生过,这个猜测也成了事实。可问题在于,他故意将那种负面思想表露出来,让对方也受到了影响。

太宰治永远是个孩子。一般成年人都会埋在心里的话,他却会在作品中和喜欢的人面前直言不讳。

"这篇作品让我很受打击。"

我想,母亲若是直接这样说便好了。然而她连这句

---

① Crossing The Rubicon,源自恺撒跨过卢比孔河将罗马推向内战深渊的典故,意为"破釜沉舟"。

话都说不出来，这恰巧印证了对方给她的打击之大。

"去配给站前，我想先到邮局把稿子寄出去。"

太宰看着萎靡不振的太田静子，心情愈发爽利了。他故意用力拽着她的手，向门外走去。

已经过了战败第二年的正月，下曾我邮局依旧是空袭后的那片废墟。临时设置在简易平房里的邮局窗口，仿佛正值灯火管制般漆黑。

"请帮我寄挂号速递。"

此时他的声音也很清亮。母亲瞥了一眼收件人，上面写着"东京都三鹰町下连雀一一三 太宰治先生"。他不是寄给出版社。她顿时意识到自己看了不该看的东西，眼前还浮现出美知子夫人的脸。

配给站前排起了长队。太宰和母亲并肩站在队尾。西久保先生和夫人好像已经回去了，队列里并没有母亲熟识的人。还在排队的人都上了年纪，而且一脸疲惫。太宰虽然在最后，却有着截然不同的气质和高大身材，想必所有人都觉得他格格不入吧。

"下曾我的人都是好人啊。"

他对身旁的母亲悄声说。

那句话听起来太像客套话,母亲没有应声。当时他站在由陌生人组成的等待配给的队列中,仿佛在想别的事情,想着三鹰的家。

昭和二十二年《人间》四月号上,刊登了太宰的短篇《父亲》。当时距离他到下曾我看望太田静子还不到一个月。文中提到了他在三鹰配给站遇到家人的情形。

> 看到了!他们就在那儿。我家那位等同半个病号的人,正戴着白色纱布口罩,背着小儿子,顶着寒风站在大米配给的队列中。内人装作没看见我,站在一旁的大女儿却认出了我。女儿也跟母亲一样,戴着小小的白色纱布口罩,看见大白天喝醉了酒,跟不认识的阿姨走在一起的父亲,仿佛要朝这边跑过来。那让父亲感到呼吸都要消失了,然而母亲却若无其事地抬起手,用婴儿背布的袖子盖住了女儿的脸。

现实中是否发生过类似的事，我不太清楚。然而描写这个场景时，他一定想起了他与太田静子站在下曾我配给站队列中的模样，同时心里泛起某种悲伤。

他在文中写到，"内人"出门前曾含着泪诉说配给大米过于沉重。那是正月十日前后的事，算起来是他到下曾我的一个多月前。太宰之所以没去三鹰配给站排队，与其说是对"内人"冷淡，倒更有可能是单纯的羞耻。有什么东西使他畏缩了。或许是因为他的心正偏向太田静子，产生了内疚。然而小说中的"父亲"，却被描写得格外冷漠。

他之所以主动提出去下曾我配给站排队，可能因为周围没有熟人，他可以无拘无束。然而一旦站到了队列里，他心中理所当然地又会涌出当初在三鹰没有跟妻子一起排队的自责情绪。怀着身孕的妻子显得如此可怜，可能又让他对身边这个漫不经心的太田静子心生怨恨了。

从配给站回去的路上，两人沿着小河散步。太宰治背着近一升米缓缓走着。

"大米很重吧?"

太田静子在旁边问。她的声音听起来不怎么担忧。妻子美知子已经快临盆了,却每次都要背着孩子把这么重的大米拿回家。一想到她必定每走一步都要咬紧牙关,太宰便从心底里感到内疚。

然而眼前这个太田静子的孱弱也让他很是担心。这个女人从小心跳就比常人快上许多。若生下了孩子,说不定会随之死去。届时他就真的能写出沉睡似的罗曼了。

对这些女人的内疚之情,仿佛让肩上的大米更沉重了。太宰的手如同女人般纤细,极不适合搬运重物。

"那座绿色的楼是什么?"

他指着田野间一座淡绿色的建筑问。那是精神病院的楼层。

"我也住过那种医院。因为羟考酮中毒,不是脑子有问题。"

太宰的声音略带悲痛。

"那座楼的绿色看起来是不是很冰冷?梵·高的画中除了黄色也有绿色,但那是更明亮温暖的颜色。"

"你喜欢梵·高啊？"

太宰喃喃道。

不知不觉，他们就来到了梅树林入口。眼前一片盛开的梅花，让母亲忍不住想脱下披风蹦跳起来。洁白如雪的花瓣在阳光中舞动着，让她联想到梵·高《白果园》里那些开着白花的树。她感到，这种明媚充满了生机。然而在这森然静寂中，仿佛又潜藏着死亡的气息。这一切都是大战时头一次看到下曾我梅花时产生的感想。

"这里好像春天的津轻。"

太宰的声音显得无比遥远。

"那些白花很像苹果花。津轻的春天始于五月。梅、桃、樱、苹果、梨、李全都会一起开花。以后我俩到津轻去看看吧。"

当时太田静子以为，那样的日子真的会到来。

8

两人并肩走在下曾我的梅树林里。周围看不到红梅，一片皆是纯白的花朵。

淡淡的甜香让母亲陶醉其中，但很快被太宰的一句话给惊醒了。

"静子也有梅花香。"

她觉得那句奉承过于肉麻，同时想起了小时候教她短歌的六条笃老师为她写的那首诗——"这是牛奶浇灌的花儿"。那句话里，或许融入了真实心迹。

"你也经常像这样跟六条先生散步吗？"

被他这么一问，母亲忍不住停下脚步。自己心里想的人，怎么一下就让他看出来了？虽然她觉得那可能是偶然，但心中的悸动还是迟迟无法平复。

"六条先生很温和。是我单方面倾慕他。"

脑中浮现出故乡近江那些柔和的山脉起伏。她曾被他牵着手，从半山雾中的永源寺石阶缓缓走下来。当时路上覆盖着一层薄薄的初雪，漫天雪花如同眼前盛开的白梅。

"静子很适合跟六条先生那样稳重的人在一起。"

或许是的。只要见到六条笃，她就有种被重山包裹的安详。跟太宰在一起时，即便是现在，她的心也在不断摇摆。

"如果六条先生没有结婚，那该多好啊。"

太宰一直纠结着"六条先生"的话题。母亲已经连点头的气力都没有了。方才只是碰巧想起了他的话，实际上，他已经模糊得如同遥远梦中之人。

"如果计良先生是六条先生那样的人就好了。"

太宰还在说。计良先生是母亲的前夫。那个满是热情向母亲求婚的同龄男性，是个异常善妒之人。他不仅嫉妒六条笃，还对母亲看上的相亲对象，一个留法归国画家心生妒意，甚至大打出手。婚后不到两个月，母亲就逃回了太田纪沙女士身边，可当时她已经怀上了孩子。

那个大冈山家中庭院的山茶花开始凋零的早晨，刚出生不久的女儿满里子就离开了人世。如今已经过去了七年。母亲每天都会默念"满里子，对不起"。可自从太宰昨天来到下曾我，她就把死去的女儿忘到了脑后。整整七年来那是头一回。

"满里子，对不起。"她在心中默念。她回忆起如山茶花般脆弱的满里子的睡颜，眼里流出了泪水。方才还如此明亮耀眼的梅花，现在却已经被泪水模糊了。

"津轻现在还是下大雪的冬天呢。"

太宰静静地说。

"我不是在蟹田站给你寄过和歌吗。那时我正一个人旅行。我在观澜山赏花时，对着像雪一样的白色樱花，泪如雨下。"

拿起那张诗笺时，她曾有过"太宰会不会死掉"的不祥预感，但现在却没有那种感觉。当时母亲的心中只充斥着宁静的悲伤。

朝思暮想，萤光似吾身。魂牵梦萦，点点均吾玉。

太宰缓缓迈着步子，口中默念一年前写在诗笺上的和泉式部和歌，声音清澈透亮。

　　细雨绵长，萤虫隐木荫。暗草蒙露，冷火独煌煌。

母亲也轻声读出了另一张诗笺上的无名氏之歌，随即害羞地低下了头。

穿过梅树林，两人来到御殿场线的陆桥前。山丘另一头隐约能看到富士山的轮廓。母亲扶着水泥桥扶手，凝视下方细窄的铁轨。

"笨蛋，笨蛋，你快下来。"

太宰在下面叫着。母亲并不理会。

"摔下去怎么办？危险，危险啊，快下来。"

他又叫着跑了过来。

"你把我吓坏了。来,再也别乱动了。"

母亲被他紧紧抱在怀里,突然感觉他就像个胆怯的小男孩。她觉得,自己仿佛成了妈妈。同时又深深意识到,他一个人无论如何都死不了。

远方出现一道列车的白烟。

"站稳了别动。很危险。"

两人像夏加尔画中的男女一样紧紧抱着,站在陆桥之上。列车安静地通过了。那是没有乘客的进驻军专用加长列车。

过了一会儿,两人来到可通汽车的宽阔道路旁。

"你这样好危险啊。"

太宰心有余悸地说。

"您胆子很小吗?"

"对,我害怕高处和黑暗。"

"那可就死不了了。请您不要死。"

听了母亲的话,他用力点点头。

太宰治的短篇《十二月八日》最后,写到了他对灯火管制下漆黑夜路的恐惧。有人认为其中隐含着对军部的批判,但我觉得,太宰对黑暗的恐惧其实来自更单纯、更幼稚的理由。因为母亲通常都会抱紧怕黑的孩子,而太宰生命中却不曾有过那样的人物。他体弱多病的亲生母亲,始终忙于照顾政治家父亲的生活。

"肚子有点饿了,我们在外面吃吧。"

听了太宰的话,两人决定回头往车站方向走。他们沿着小河边漫步,河里长满了柔软的水草,另一头方才走过的梅树林,如今却像女儿节人偶架上的纸灯笼般模糊不清了。

他们来到车站前一间小旅馆吃午餐。曾经跟母亲一同参加劳作的老板娘从里面走了出来,一脸惊讶地看着太田静子。

"我们刚去看了梅花,店里有什么吃的吗?"

太宰仿佛刻意用了开朗的语气。两人被领到有壁龛的房间里。

"你看起来有点发烧啊,没事吧?"

他这样说着,把刚端来的煮鲫鱼三口两口吃完了。后来又上了煎牛排,也被他一下吃掉了。真是个不折不扣的大胃王。

"再给我一盘蛋包饭。"

他对服务员说出这句话时,连母亲也无可奈何了。他给服务员递了五根进口香烟,让她端酒上来。当时连酒水也要定额配给,若非十分熟悉的常客,很难在店里喝到。不一会儿,蛋包饭和两壶酒就端了上来,太宰显得格外高兴。

"下曾我真好啊,这里的老板娘和刚才那个女服务员都是好人。真想在下曾我住下来。"

母亲觉得那只是嘴上说说的奉承,并不十分在意。她当时并不知道,太宰早在津轻避难时就幻想着住在这一带了。

"谷崎的《细雪》真不错。要是我住在京都,应该能写出比那更好的长篇。"

他还这样说。或许他是想起了,自己父亲那一族来自离京都很近的福井县小浜一带吧。太宰的祖先世代在小浜经商,后来,十代前的赤城善太夫之弟富国,在江户中期举家迁移到了津轻。起初从事纺织业,后在津轻开垦荒野,以松木七右卫门之名连续几代经营酿酒,到他祖父那代开始经营药房,并被当地百姓出身的津岛家收为养子。巧合的是,小浜离他母亲故乡近江也很近。

"今晚阿武可能要回家。"

母亲突然回过神来这样说道。太宰马上露出略显慌乱的表情。

"别担心,他是个心不在焉的人,我这个当姐姐的做什么他都不会在意。在早稻田读书时也只热衷于打棒球,还很喜欢荷风。现在他在东芝的平塚工厂做活。"

"荷风很不错啊。"

太宰如释重负地说。

太宰来到下曾我的第五天早晨,他准备趁着天色还亮前往伊豆三津浜,并打算在那边找家旅馆落脚,以太田静子的日记为基础开始创作《斜阳》。

那天太宰用完早餐的时间比平时都要早。随后他坐到中式房间书桌前,在空白稿纸上写下"斜阳 太宰治"后就放下了笔。接着,他就用难以形容的温柔目光凝视着母亲。那是充满了慈爱,又透着一丝伤感的目光。母亲联想起太田纪沙女士,心中感慨万千。

她像往常一样把太宰送到了国府津。

"好想一直待在下曾我。"

太宰治背着来时那只背包,在前往下曾我站的路上反复喃喃道。母亲突然有种目送儿子出征、疲惫又悲痛的感觉。

车站前的空地上,几个小学男生正在玩躲避球。

"武先生是个好人。他真的是个好人。"

太宰靠在检票口,一遍又一遍地说。

"他跟我二哥英治先生很像。英治先生人很温和,我每次见到他都非常放松。"

母亲想起他在《津轻》里,用一种刻意的笔触把英治先生描写成了让他"愈发感到无所依从"的冷漠性格。

"我从小就很别扭,是个坏孩子。一天我在走廊上,听见家人在客厅里笑说:'修治现在学习很好,小时候成绩却不稳定。'便对所有人产生了恨意。我觉得,他们都在说我的坏话,拿我一个人开玩笑,干脆全家人都死光就好了。"

"唉,真是个坏孩子。"

她忍不住叹了口气。

来到国府津,两人走进了车站前的国府津馆点了午餐。服务员把他们领到临海的房间里,白色的浪花跳跃着,仿佛在朝他们招手。

"我要回下曾我去。"

太宰突然叫道。

"我想起来在下曾我还有事要办。我得去尾崎一雄先生家探望他。"

草草吃了两口美味的海鱼料理,两人决定折返下曾我。那几个男孩子依旧在车站前玩躲避球。见两人如此快就回来了,几个孩子都惊讶地抬头看着他们。

"我觉得下曾我已经变成自己家了。"

太宰高兴地说着,母亲却愈发感到疲惫。可以预见,下一次离别将更加痛苦。

他们在车站前的杂货店买了鸡蛋作探病礼物。当时尾崎老师的胃病似乎非常严重。

"你见过尾崎先生吗?"

太宰边走边问。

"没有。不过我在山上参加劳作时见过他夫人。"

"她很好啊,实在太妙了。就像穿着名为天真的和服。你看看尾崎先生的小说吧。一看就知道他有个多么好的夫人了。她是我理想中的妻子。"

他把作家前辈尾崎一雄说成了"贫穷的小说大家"。母亲虽然住在附近,却不知道这位小说家住在哪里。两人跑到下曾我的宗我神社,问了那里的神主。虽传说尾崎家贫穷,两人还是猜测尾崎的住处会不会是神社旁那座大门很气派的房子。然而他们猜错了,前辈的住处只是一座既没有大门也没有围墙,掩映在草木中的小房子。

"打扰了。"

太宰大声说道。

"来啦。"

那是母亲劳作时经常听到的高亢声音。

"呀,果真是太宰先生哪。"

玄关格子门被拉开,里面露出一张明媚的笑脸。

"我去伊豆路上到太田家坐了坐,顺便请他姐姐带我到这儿来了。"

太宰俨然把自己说成了武的熟人。如此遮遮掩掩的行为,让母亲不禁愕然。

9

两人拜访尾崎一雄家时已经临近黄昏。他们找路应该花了不少时间,这也证明那座小屋是多么不起眼。本来兼做宗我神社社务所的大宅子早在关东大地震时就倒塌了。

"太宰君,快进来吧。"

屋里传来洪亮的声音,听起来年轻又精神。母亲想起太宰在来时路上对她说的话:

"尾崎先生不仅贫穷,还患有顽疾,随时可能撒手人寰。"

当时她听得毛骨悚然,现在却丝毫没有那种感觉。

连着玄关的房间正中铺着被褥,"贫穷的小说大家"

尾崎穿着长棉衣坐了起来。留长的没有修剪的头发确实有点像病人,可他的前额和眉眼都很有光泽。

"喂,家里有酒吧。"

他这样说着,自己起身走到厨房,拿了一升瓶的日本酒。酒只有太宰一个人喝,跟往常一样,他的笑容越喝越灿烂了。

二月末的那个傍晚,正值大停电期间。尾崎一雄在昭和二十六年发表的短篇《梅花盛放的村庄》里写道:"微弱的烛光中,太宰和一个女人走了进来。"

他比太宰年长十岁,于昭和十九年秋天结束了漫长的东京生活,隐居到下曾我乡间。离开东京前不久,他突然发病,从此卧床不起。不过他在文中写道,太宰来访时他正好状态不错,有精神跟他说话。

> 我们交换了久别重逢的微笑。
> 那个女人并不说话,只是安静地坐在一旁。她的表情很是认真。而我并不知道她是谁,便只与她寒暄了几句,此时妻子在旁边说:

"啊,您还没见过这位吧。这是太田小姐,住在城前寺底下那座别墅里的。"

妻子松枝女士一点点对小说家丈夫说起了太田静子的事。比如大战时穿着洋装和凉鞋参加劳作;战败后排队领配给时,一位农妇拽着母亲的和服袖子说这可是好东西,她却装作什么都没看到。

被太宰治当成理想妻子的松枝女士本就心性天真烂漫,看到太田静子愈发觉得有意思。她可能做梦都想不到,这样的女性竟会成为她夫妇二人所熟识的太宰治的情人。

"今天我打算在太田家借宿一晚,明天启程去长冈温泉。因为难得来一次,便请太田女士领我到了这里。"

看他一本正经地含糊其辞,母亲再次受到了伤害。可尽管她拜了太宰为师,还是忍不住向松枝女士承认,弟弟才是太宰的弟子。这使她心情愈发沉重了。松枝女士一边抱怨停电,一边忙着布置餐桌,尾崎一雄年届七十的母亲,对太宰做了一番令他尴尬的郑重问候。

两位小说家的话题不知何时转到了一个月前刚刚去世的织田作之助身上。尾崎一雄不太赞同太宰在报纸上写"织田君！你，干得好"。还对他说，应该更珍惜生活，踏实沉着地进行创作。尾崎自己年轻时做过许多荒唐事，想必对此深有感悟。

对此，太宰这样回答："我写那篇文章时，有些情绪化了。"

太田静子在旁边听着，心里很是不满。太宰为何不强势反驳呢？她觉得，那篇文章没有说谎。她自己也满心感慨织田作之助干得太棒了。织田一直坚持创作，直到自己临死那一刻。他从未想过轻易向死亡屈服。一心投身创作，这种行动等同于生存本身。太宰治应该也希望像织田作之助一样，一直写到生命最后一刻吧。

然后，尾崎一雄又列举了许多作家的名字，分别归类为男性化作家和女性化作家。太宰首当其冲被划入了女性化作家之列。他涨红了脸低下头，仿佛坚决不愿意认同。

然而太田静子却认为，尾崎一雄说得一点没错。她觉得，女性化作家仅凭一个人无法孕育作品，他们耐不住寂寞，必须依附着什么东西才能创作。而且她刚刚交出自己的日记作为《斜阳》参考，所以她会更清楚地认识到这点。

座钟敲响八点的钟声，待在同一间屋里的尾崎家的可爱女儿困倦地站了起来。看到母亲也跟着站起来，太宰说：

"我还要叨扰片刻，麻烦您代我向令弟问好。"

他那流畅的语调使她突然陷入了莫名的不安。

回到家中，在起居室壁炉点起炉火后，她还是难以平静。连给法式刺绣贴布塞棉花的机械工作也迟迟没有进展。大约过了一小时，太宰精神饱满地回来了。

"尾崎先生太守旧了。"

他风衣也不脱就坐到炉火前，一开口就是这么一句，脸上还带着兴奋的表情。

"太守旧了。"

他又重复道。

"所以我也没法对他说，静子'是我的恋人'。还有那位管尾崎先生叫'年轻人'的老母亲。当着那位老母亲的面,我实在说不出口。在松枝女士面前也一样。我觉得静子实在太可怜了。"

母亲一言不发。

"尾崎先生一定觉得我是个马屁精吧。"

他自顾自地说着。自己离开这一小时里,他到底对尾崎一雄说了什么呢?连这个思考都让她感到万分艰难。

《梅花盛放的村庄》里写到了当时的情景。她离开后,太宰说的第一句话就是:"家庭真的很重要。"

"我把得来的稿费全都拿去喝酒,让家里人受了不少苦,不过只要我一死,就能出全集了。那些钱我能留给家人。我要把全集留给家里人——尾崎先生,那样很不错吧。"

我觉得,那些话并不一定是为了讨好家庭为重的尾崎一雄先生。

"我想实现静子所有的愿望。"

太宰对母亲说。他知道,母亲第一个愿望就是生孩子。他故意不去想妻子会因此陷入何种情绪。他只想在此之前先结束生命,给家人留下一笔钱。

"以死谢罪。"

此时,太宰这句时常挂在嘴边的话,也可以理解为一位父亲的悲情自白。他试图在生命的最后贯彻自己对家人的责任。这种话并不适合当着情人的面说出来,可是对着清贫又顾家的尾崎一雄,他就能不假思索地和盘托出。

不过,太田静子早已看透了太宰的心。母亲反复对我说,若太宰是那种抛妻弃子的男人,她决计不会喜欢上他。正因为太宰治始终背负着对那些曾经交往过的女性的罪恶感,才会在与太田静子越来越亲密的同时,也想肩负起对家人的责任。他那怀着身孕的妻子,宛如贞洁的化身。

后来,太宰又开始痛骂民主主义。

"什么从下层涌上来,又不是茅房里的蛆虫,对吧……"

他用筷子夹起酒后端上来的乌冬面,反反复复说着。

尾崎一雄顿时失去了吃乌冬的胃口。太宰却一脸平静地继续吸溜。

太宰总是敏感于他人之言,却从来不介意使用这些鄙陋言辞。为何他不主动想想,翻来覆去地说那种话会让尾崎产生何种心情呢?恐怕,他很乐于观察尾崎的内心动摇吧。明明十分在意他人对自己的看法,却偏要在关键时刻如此失态,或许正是因为他的极度自私。

其实,当时并不存在太宰治痛斥民主主义的必然性。他真正想痛斥的人,就在眼前那间屋子的墙上凝视着他。那是嵌在相框里的志贺直哉的照片。尾崎对志贺十分倾慕,还称其为"小说之神"。太宰对此忍无可忍。因为志贺曾经评价他的"文章有傲慢之嫌",对此他一直怀恨在心。

昭和十七年,尾崎在阿佐佐谷一间名叫"匹诺曹"的店里见到太宰时,他正处于酩酊大醉的状态。

"你下次见到志贺直哉,记得帮我问问,傲慢是什么意思,啊——为什么啊,志贺直哉?"

据说他当时整个人摇摇晃晃,目光却十分坚定。

当时尚能如此纠缠,可现在即便喝了酒,对方毕竟是个病人,更何况尾崎那位端庄高雅的母亲刚刚问候过他。既然没法对志贺说三道四,他便只能向民主主义开炮了。

近来杂志上充斥着随波逐流的恼人风气,我早已料到这种情况,然而其风潮之巨,让人只想借酒浇愁。我是个无赖派,自然要反抗这种风气,加入保守党阵营,头一个走上断头台。

这是他昭和二十一年一月写给井伏鳟二的信。将日本战败后的混乱比喻为法国大革命未免有些牵强,就算当时的情势与战中天差地别,但可以确定,相比被军部统治,战败后对民主主义的推崇要好上许多。农地改革导致大地主岛津家的土地被没收,那种不甘反倒激发了太宰的怨恨。

"我是个单纯的市井之徒。"

在写给井伏鳟二的信中,太宰治这样形容自己。确实,他的性格中有着非常不沉着的一面。

太宰承认,战争中他抱着苦楚的心情,依旧站到了支持军部的立场上。

他还辩解道,正因为深知日本军部会落败,才会刻意支持。这种说法十分狡猾。不过这种狡猾,在他为织田作之助的死写下"干得好"之后,开始变得淡薄了。

但实际上,他依旧保有尾崎一雄不断重复过去发言的愚钝印象,当中也包含了讨好尾崎那种守旧性格的因素。面对老师井伏的时候,他这一面或许还会更明显。

> 必须认定,世间理所当然要走向所谓社会主义。即便说民主主义,也是社会民主主义,有必要将其与过去的思想区分开来。至于伦理,我们必须正视目前这波新个人主义的抬头,要考虑到,或许唯有对其予以肯定,才能寻觅到我们的生活态度。

昭和二十二年,在《东奥论坛》月刊一月号的卷首语中,太宰写下了这篇标题为《新个人主义》的文字。

那一年,民主主义思潮发生了很大改变。从这里,仿佛能隐约窥探到《斜阳》中蕴含的新生活态度。

太宰治的真实,恐怕就存在于此。

10

太宰治一踏进尾崎一雄家,就开始后悔带上了太田静子。

尾崎虽然卧病在床,家中的气氛却十分明快。听到松枝女士充满活力的高亢嗓音,太宰胸中一阵苦闷。那个声音仿佛一直在提醒他家庭的重要性。

在那个铺着被褥的房间与尾崎相对而坐,太宰突然想直接回三鹰的家了。

五天前他拿起背包时,一句话也没有对妻子说。他没说要去下曾我,只说要在伊豆待一段时间,但她恐怕已经猜到了。背包里装着他在黑市买的白面包和奶酪。来到下曾我的那天晚上,他与太田静子一起吃的面包非常美味。如果让家人也吃上那种面包,他们该有多高兴啊。

尾崎家一直在停电。看着烛光下一味低着头的情人,太宰不禁泛上些许烦躁。

"这是我学生武君的姐姐。"

他当然会说出这般托辞。两人在寻找尾崎家的路上,他曾口口声声对她说,准备坦白二人的恋爱关系,然而真正到了那里,他却把这一切抛诸脑后。

母亲先告辞后,太宰独自离开了尾崎一雄家。走在昏暗的山坡上,他突然心生恐惧:她一定生气了吧。

正如他所想,太田静子出来迎接时带着一副随时都会哭的表情。太宰心中又蹿过一阵恐慌,但他勉强忍住了。

"尾崎先生太守旧了。所以我没法对他说,静子是我的恋人。"这句话只是蹩脚的借口。他此时才意识到,就算无法开门见山地承认"这是我情人",也可以说成"这是我学生"啊。

"我很心疼静子,回来路上心里一直纠结着,非常不安,简直快死了。可现在看到静子的脸,那些情绪一下就消失了。"

太宰之所以快死了,是因为害怕她讨厌自己。归根结底,他最心疼的还是因此感到战战兢兢的自己。太田静子的悲伤,对他来说仿佛是次要的。

第二天,太宰和母亲都一直待在家里。她很害怕见到松枝夫人。太宰害怕两人的关系被曝光的心情,也影响到了母亲。然而她有时也会想,其实没有必要如此害怕。

"我想一个人到车站去买点东西。"

"要是碰到松枝女士,静子就太可怜了。"

太宰几乎要哭出来。

"不能去。""你不能去。"

如同诵经般重复着那句话,他紧紧抱住了母亲。

其实,太田静子一点儿都不觉得自己可怜。她反倒觉得,就算真相大白也无所谓。而且松枝夫人并非那种因为这些事就用有色眼镜看待她的女性。为何非要拼命隐瞒呢？

"与其当个得不到爱的妻子，我情愿成为沐浴爱情的妾室。"

在近江就读爱知川高等女学校时，母亲就痴迷地说过这种话。当时与她关系特别好的田中俊子女士对此记忆犹新。

父亲太田守先生每天忙于为病人治病，母亲纪沙女士也忙着管理医院。这对夫妇其实关系很不错，但在当时还是女学生的母亲眼中，他们却像是缺乏对话的冷漠夫妻。所以，她才会说出那种话来。

可是母亲又并非太宰的妾室。她是帮助完成《斜阳》这部作品的情人，同时也成了太宰的助手。若她生下了太宰的孩子，那孩子便是作品孕育的结晶。这一切都是为了艺术，身为艺术家妻子的美知子夫人，自然也会理解。连太宰都说，不必担心家中妻子。

母亲是在直接把日记交给太宰之后，才定下这个心意的。那是仅仅五天前，太宰来到下曾我那个晚上的事。在此之前，她都怀着对美知子夫人的歉意，而且不知天上的太田纪沙女士会怎么想。这些纠缠在一起一度让她异常苦闷。不过经过这几天,她已经觉得一切都无所谓了。

也因为这样,太宰的胆怯让她十分意外。他把善良的尾崎夫妇看作了世间的代表。在跨过卢比孔河之后,为何还会如此在意世人的目光呢?对今后不是应该有开始寻觅属于个人生活的新态度吗?

"织田君!你,干得好。"她还以为这句话是出于那样的想法。

人就是为了恋爱和革命而活着。

她想起刚交给太宰的日记中的话。她本以为现在正是那个时机,可看着眼前这蜷缩在洞中瑟瑟发抖的鼹鼠似的太宰,她感到心里一沉。交出日记,或许能为他生孩子,这一切突然变得好似阴沉厚重的秘密了。

"今后我们都要一直害怕下去吗?"

日落之后,夜色开始笼罩,他坐在中式房间的椅子上，一旁的母亲提出这个问题，猛地感到自己是如此可悲。

"不是的。可我害怕。"

他凝视着远方，这样说道。当时，太宰治可能想起了与美知子夫人结婚时，他写给井伏鳟二的誓约书。

> 如我再次破坏婚姻，请将我斥作彻头彻尾的狂人，并弃之脑后。

他留下了这样白纸黑字的誓约。

"破坏的思想，那才最重要啊。"

太宰突然抬起头，低声呢喃道。那也是母亲日记中的话。她读了罗莎·卢森堡的《国民经济学入门》后，开始思考这个问题。罗莎始终倾慕着马克思主义，让她也想学罗莎那样倾慕太宰治。然而眼前的这个他，实在太畏缩懦弱了。

"已经被破坏了啊。"

他的声音也藏着无限悲伤。看见外面天色已晚，两

人决定到车站前的旅馆吃晚餐。出门走了没多久,他突然倚靠在母亲身上,低声说:

"好想就此倒地死去。"

第二天早晨,太宰总算要出发去伊豆了。在背着包的太宰提议下,要送他到国府津站的母亲与他一起从围墙破口爬了出去,并没有走正门。随后,又因为担心在下曾我车站碰到松枝夫人,两人顺着水田埂走到了巴士站。他们要在那里乘坐开往国府津的巴士。早春的风还很冷,走在高大的太宰身后,母亲默默想起即将到来的女儿节。多年前装饰在近江家中的三层女儿节人偶的脸在脑海中浮现。当时还是小女孩的母亲,用墨水把男偶的眼睛涂大了一圈。她觉得那样更好看。后来这件事被家里人发现,母亲被叫到了太田纪沙女士面前。但她并不记得自己遭到了严厉训斥。

不知看着女儿跟太宰走在一起,天上的太田纪沙女士会怎么想。

两人如同两只乌鸦,顶着寒风在车站等候巴士。

"我想跟静子一起死。"

他又一次说了那种话。

"尾崎先生跟松枝女士都是好人。如果尾崎先生死了,我一定会带很多人来吊唁。"

他说。

"你为何如此在意好人的目光?"

"不管好人坏人,他们的目光我都在意。我害怕惹怒别人,害怕死了。所以我从小就会扮小丑。"

"我小时候没有被骂过。"

"真好啊。"

"可能因为这样,我才会憧憬破坏。"

太宰突然严肃地凝视着母亲。

"今后你要多到尾崎先生家去。要诚恳地低着头,向尾崎先生借书。这样你就能明白,即使陷入贫穷,也能让心灵始终保持光明。"

他又这样说。

"绝对不能借志贺的书。"

母亲当时尚不明白太宰为何如此讨厌志贺直哉。她很喜欢志贺的长篇小说《暗夜行路》。最后主人公时任谦作决定原谅妻子错误的心境,她觉得很美妙。她还想,一直纠结于小山初代女士犯错的太宰,说不定能被那本小说救赎。

可是太宰对志贺的非议十分坚决。

"……尾崎先生最喜欢的那个志贺直哉啊,是个成天梳着大油头,住在讲法语的俄罗斯贵族家中当男仆的人。他土腥味儿可重了,根本不明白别人的苦恼。所谓艺术家,指的是相信他人苦恼的人。要是无法相信他人的苦恼,那绝对不行。"

母亲其实挺喜欢志贺直哉的长相。她觉得那是一张很有男人味的英俊脸庞。可是若把这些想法说出来,太宰必定会勃然大怒。

巴士来了,还是大战时用的木炭车。乘客只有太宰和母亲两人,座位底下塞满了柴火。巴士缓缓穿过梅花盛开的树林,窗外的花瓣纷纷散落,仿佛在对他们微笑。她感觉,那好像出生不久就夭折的女儿满里子的笑脸。

"满里子,永别了。妈妈即将开始新的生活。"

她在心中呢喃道。

两人在国府津町入口下了车,前方是一条干燥的水泥道路。

"车站前有照相馆吗?"

走着走着,太宰突然说。

"我想跟静子拍张纪念照片。"

母亲慌了手脚。由于离别过于悲伤,她从早一直哭到现在,连妆都没好好化。

"还是下次吧。"

"也好。我马上就回来。我想一直待在静子身边。我不想一个人去伊豆。"

如果可以,母亲也想陪他一起去。可那样一来,他可能迟迟都写不出《斜阳》吧。

"您要一个人去哟。"

她强忍寂寞对他说。

"静子的声音真好。尾崎先生的声音也很好。至于我,唯独声音还算是好的。通过声音最能理解一个人。不知志贺直哉的声音如何呢?"

或许,他并不是真的讨厌志贺直哉。因为他说起他时,声音如此平静,让人忍不住这样猜测。

两人走进车站前光线昏暗的凭票食堂。他们并肩坐在落着灰尘的塑料沙发上喝红茶。寡淡的红茶一股糖精味。

"我希望您能在这次的小说里写写当初为何放弃了共产主义。写写您脱离地下运动时的真正心情。"

虽然她一直想知道这个,但并不打算在离别将近时提起这种话题。在说出那些沉重字眼时,她一刻都没忘记两人马上就要分开的事实。

"我写。一定会写。"

太宰像孩子一样急促地说。

终于到了在站台分别的时刻,她把刚才的话又重复了一遍。太宰用力点点头,跳上了列车。

列车瞬间便消失在远处,太田静子瘫软在站台长椅上。两人曾经坐在这张长椅上眺望大海。那片与当时别无二致的海,很快就因眼泪变得模糊起来。

她恍惚坐上了开往东京的上行电车。电车经过二宫、大矶站,一直开到了平塚。她走出检票口,走向车站前的市场。她经常在那里买针线。市场最深处有个小剧场,她走了进去,正巧碰上歌手东海林太郎的演出。他演唱时颀长端正的身姿让她忍不住联想到了太宰。听着歌声,她止不住地哭泣。当时的她有种挥之不去的预感,或许,今后再也见不到太宰了。

11

二月末,太宰出发前往伊豆后,母亲每天都会数次打开二楼西式房间的窗户,呼唤他的名字。窗外是一片辽阔的海,海的另一头如梦似幻地映出了太宰所在的伊豆山间。

"修治先生。"

母亲是否呼唤了太宰的真名呢,我不太清楚。可我总感觉应该不是。

"太宰先生。"

这样的称呼似乎才更适合太田静子。她在日记中,把太宰称呼为"那位先生"。

太宰离开后,下曾我的海每天都如珍珠般蒙着一层薄雾。

"莱蒙托夫诗中有一节写到了'蚌病成珠'。"

到达下曾我那天晚上,太宰这样说着,送给她一颗大珍珠。那颗珍珠个头太大,简直像仿制品。

不管怎么说,母亲都不太高兴。因为她不太喜欢珍珠。再联想到莱蒙托夫的诗句,更让她觉得珍珠成了太宰苦恼的结晶,让她难以直视。

"《斜阳》完成后,我要送你蓝色的石头。就蓝宝石如何?"

第二天早晨,两人从二楼窗户眺望着蓝色大海,太宰对母亲这样说。他究竟有几句是真心呢?年初在吉祥寺,他曾无比务实地说"我给你一万日元",那与他现在这句话实在差太多了。我想,他应该是发现太田静子并不喜欢他从黑市上搞来的假珍珠,才说出了那句话。他当时一定没有去想,蓝宝石有多么昂贵。

然而母亲却十分高兴。她心里想象的,是蓝色透明的玻璃宝石。

从二楼窗户看到的早春大海呈现出一片蓝宝石光泽。那天，母亲收到了太宰从伊豆寄来的信和明信片。两者都写着"太田静女士"。这是他头一次在信中省去她名字里的"子"字。唯有明信片上写着二十六日这个日期，还附上了"静冈县田方郡内浦村三津 安田屋旅馆内 太宰治"这个地址。

"我学生田中英光住在那边，他负责帮我找旅馆。我过去之后会先到他家。见我迟迟不露面，田中此时应该很担心吧。"

出发前，太宰孩子般一脸调皮地笑着说道。他本来只打算在下曾我停留两三日，结果逗留了将近一星期。

母亲尚未读过田中英光的作品，但知道他是个共产党员，在伊豆的共产党支部很是活跃。

"田中在伊豆跟夫人孩子以及岳母生活在一起，可热闹了。他夫人很漂亮。"

说完，他咧嘴笑着看了母亲一眼。

"我跟静子的事是秘密。"

母亲并没有回应他的笑容。因为她想起了尾崎一雄家的事。

　　敬启者：
　　　　前些日子承蒙您关照了。顺请代我向武先生问好。我已安顿在落款地址，在骏豆铁路伊豆长冈下车，乘坐三十分钟巴士即可到达。目前尚不知要在此处待到何时。总之我打算今天开始工作。再联络。请保重身体。
　　不尽

　　太宰一定是请田中英光将这张明信片和另外那封信一同寄了出去。因为明信片内容不会引起任何人怀疑。上面还写着代向武先生问好，或许是考虑到母亲的弟弟武可能会看到明信片吧。太宰其实没必要如此在意他。
　　正如太宰对他的第一印象，武是个逍遥自在、心地善良的公司职员。即便休息日太宰与姐姐单独窝在家中二楼，他也能无忧无虑地坐在一楼客厅的沙发上看书。

我认为，太宰写这张从头到尾都一本正经的明信片，还有别的原因。他在伊豆旅馆重新翻开太田静子的日记，发现里面已经形成了一个丝毫不需要他另行加工的世界。他感觉，日记里浸透了连接母亲与女儿生命的悲伤。她在其中融入的种种感性，与太宰想象的别无二致。开篇不久，她初次来到下曾我的那句话，深深打动了太宰。"空气好好吃。"

接下来那句"仿佛经过绢纱过滤"，也直接用到《斜阳》里吧。她一定不会生气的。不，那样会使他自己心生内疚。身为她文学老师的自尊，一时间仿佛要遁于无形了。

继续研读日记，他感到了那个天真烂漫的太田静子对自己的威压。心中隐隐闪过一丝悔意，或许他应该与太田静子保持柏拉图式的关系。此时，太宰心中针对女性的古老观念，可能再次抬头了。

月见草很适合富士。

太宰中期代表作《富岳百景》中的这句话，显得无比纯净。然而仔细阅读《富岳百景》，我会不由自主地认为，那些美丽的言语背后仿佛隐藏着作者的倨傲。我总感觉，他认为自己是个如富士山一般伟大的小说家。他选择的立场，绝不是低调的月见草。

太宰是个充满自信的人。若非如此，他绝无法对日本第一的山峰说出"实在很好"这种装腔作势的话。我想，正因为他觉得自己也是个富士一样的男人，反倒会觉得这座山存在于那里，着实有点碍眼了。

这篇婚前创作的中篇作品中，月见草仿佛隐喻了恬静的新婚妻子形象。亭亭玉立的月见草，给人一种坚强无畏的感觉。

或许，太宰治最初将太田静子想象成《斜阳》女主人公时，脑中浮现的也是这种草。然而，这次的月见草却必须带着一种孱弱气质。随着日本战败，再次被想死病笼罩的太宰治，一直在思考着与太田静子共赴黄泉。

可一旦开始阅读她的日记，他脑中纤细的月见草形象就消失殆尽了。"静子也有梅花香。"虽然他在下曾我的梅树林中说过这种话，可那本日记里丝毫感觉不到梅花的香气。

他脑中浮现出的，反倒是六条笃为少女时的她所写的"这是牛奶浇灌的花朵"。在浓郁的奶香中，太宰感觉到了束手无策的自己。

  早晨，母亲在餐厅里舀了一勺汤，"嘶"地啜了进去。

  "啊！"她低低地惊叫了一声。

  "是头发吗？"

  汤里想必混进什么不洁的东西了吧，我想。

  "不是。"

  母亲若无其事地又舀了一勺汤，动作灵巧地送进嘴里……

太宰在下曾我度过第一个夜晚时，曾对母亲说过《斜阳》将会这样开头。当时，他对母亲不紧不慢地诵读了那段话。

"怎么样?"

随后,还得意扬扬地问她。

"非常好呢。"

母亲这样回答道。但我觉得,这个开场部分相当装腔作势,读来让人有些尴尬。志贺直哉说他看了《斜阳》开篇就彻底失去胃口。他说得不无道理。

同时我又想,这里还真有点太田纪沙女士的味道。虽然我这个外孙女与纪沙女士从未谋面,但那个"啊"却让我感到异常熟悉,着实不可思议。

昭和十九年一月,太宰治和母亲一同到小田原的医院看望过正在住院的太田纪沙女士。当时,太宰是从走廊偷偷窥视病房里的纪沙女士的。或许,那时的太宰以为,从病床上坐起来的纪沙女士发现他时,低低地惊叫了一声"啊"。

不知从何时起,太宰就直接引用起太田静子的日记来。或许,他意识到自己沉浸在太田静子牛奶浴一般的文字中,自我厌恶的同时,又想不出别的书写方法。

我觉得母亲的那张脸孔,同刚才那条悲伤的蛇有某些相似之处。而且,我胸中盘踞着一条毒蛇,这条丑陋的蛇,总有一天要把那条万分悲悯而无比美丽的母蛇一口吞掉,不是吗?为什么,为什么我会有这样的感觉呢?

我把手搭在母亲柔软而温润的肩膀上,心中泛起一种莫名的惆怅。

这段《斜阳》中的关键文字,也是直接从日记上摘抄而得。

照片上显示,晚年的太田纪沙女士非常消瘦。母亲在日记中写的是"母亲消瘦而温润的肩膀",太宰只对这里做了改动。那柔软的肩膀,其实属于太田静子。

太宰治在伊豆执笔的第一章中,讲述了蛇的故事,随后他又趁着兴头,在第二章把母亲日记中的火灾故事也写了进去。这一部分的重要性仅次于蛇的故事。母亲在空袭警报中闹出的小火灾骚动,成了太田纪沙女士身体进一步衰弱的原因。这一段内容也是直接从母亲日记上摘抄而得。她本以为自己已经熄灭了烧洗澡水剩下的柴火，便将其丢在院子锅炉旁的柴堆上。没想到那堆柴半夜竟烧了起来。一切都因为母亲太不小心。村里人轮番传递水桶，好不容易把火灭掉了。连村长、警察和消防团长都闻讯而来。母亲流着泪为自己的愚蠢错误道歉。日记里写道："我想，无论被如何责骂，我都决不能心生怨恨。"要是被 B-29 发现了火光，整个村子搞不好都会陷入火海。

不过，太宰对火灾场面结尾那几行做了一些改写。

过了一会儿，母亲说道：
"没啥大不了的,木柴本来就是为了着火用的。"
我一下子乐了，嘻嘻笑起来。

这个"嘻嘻"到底是什么意思呢？如果心里带着由衷的歉意，应该绝对发不出那种笑声来。母亲从未露出过那种轻视别人的"冷笑"。那应该是太宰的笑。

被警察逮捕记录案底，口头说着"我犯错了，真对不起",实际上却毫无反省之意,不断重复犯罪的人,笑起来应该就是那个样子吧。

这让我不禁联想起学生时代经历了数次自杀未遂和殉情未遂的太宰治,曾经私下里露出过那种微笑。

女主人公和子的"嘻嘻"笑声,在她母亲发现母蛇寻找蛇蛋,低声说了"真可怜"之后又出现了一次。或许,那正反映了太田纪沙女士死后,太宰松了一口气的真实心境。

太宰从伊豆寄给母亲的另外那封信,是写在稿纸上的一首《万叶集》的和歌。

　　不仅常人恋,吾人恋更多。吾宁恋爱死,不愿空蹉跎。①

想到太宰可能会在伊豆寻死,母亲再次陷入了深深

---

①引文出自《万叶集》(杨烈译,湖南人民出版社,1984年)。

的不安。她紧紧抱着那封信,再次跑上二楼。

"请您不要死。请您等着我。"

她向着伊豆群山,大声喊道。

萌芽

1

太田静子坐立难安。她迅速整理好行装，向对面的西久保夫妇打声招呼，径直踏上了前往伊豆三津浜安田屋旅馆的旅途。

从国府津乘东海道线来到三岛，再换乘骏豆铁路。太宰在明信片上说，到伊豆长冈站下车，乘巴士三十分钟左右就能到达旅馆。

走出伊豆长冈站检票口时，太阳早已落了山。伊豆比她想象的还要遥远。彼时开往三津的最后一趟巴士已经离开了。母亲决定步行走完到三津的那一里路①。她

---
①约为国际标准的4公里。

在站前邮局给安田屋旅馆打了电话。旅馆的人很快把电话转给了田中英光。

"喂,喂,太宰先生几个小时前回东京了。"

那个声音听起来很生气。她慌忙解释今天收到了太宰的信,但还是不能平复对方的恼怒。电话直接被挂掉了。

很明显,太宰没有对学生田中透露过任何消息。她很后悔自己冲动地跑出来,丝毫没想到先给旅馆打个电话。现在她只能含着泪返回车站前的十字路口。恰在此时正好看见前往沼津的木炭车开了过来。

巴士沿着海岸线一路向西,海潮气息透过浓郁的黑暗流入车中。好不容易来到沼津,车站窗口却排着长长的购票队伍。预计已经赶不上御殿场线最后一班车的母亲,买了前往东京的车票。她最年长的弟弟通正在东京练马区过着新婚生活。

"我好像怀上孩子了。"

深夜来到弟弟家,她对着新婚夫妇说出了这句话。我能想象当时还年轻的二人脸上会露出多么惊讶的表情。当时距离太宰治到下曾我还没两个星期。然而那几天母亲一直都在想着这个。真正说出来后,她的想法马上变成了不可动摇的确信。

"那位先生也说想要孩子。"

母亲这样说完,曾是她在文学社最年轻的朋友,如今嫁给了通的人毅然说道:

"我觉得太宰先生跟静子姐姐谈恋爱是很好。但孩子就不一样了。你为什么不考虑一下他夫人的心情呢?"

母亲想起自己与她和另外一个文学社女学生一道,头一次拜访三鹰太宰家的光景。他的长女园子当时正在庭院玩耍,卷起的尿布边儿俨然幸福家庭的象征。想到这里,母亲感到眼前一黑。

"这是孕育艺术的必经之路。夫人作为艺术家的妻子,一定也能理解。"

"我是理解不了。"

曾经不想与通结婚,而想努力成为新戏剧女演员的她冷冷地说。

母亲很想转身跑向三鹰太宰家。太宰应该回到家了。就算最后沦落到露宿街头,她也想跟太宰见一面。可她一想到美知子夫人苍白的脸,瞬间就失去了勇气。

  不仅常人恋,吾人恋更多。吾宁恋爱死,不愿空蹉跎。

她回想起昨天信中的《万叶集》诗歌。即便腹中有了孩子,只要太宰愿意,她仍可以陪他一起死。

翌日午后,她拖着疲惫的身躯来到下曾我山庄门前。西久保夫妇连忙跑了过来。

"昨天傍晚,上回那位小说家老师带着一个年轻人在门口站了好久。"

太宰来过了。他们错过了。她眼前一阵眩晕。

"他要我们告诉你他住在国府津馆。说完他就从坏掉的围墙走进了院子。好像还上了二楼。"

昨晚她坐在开往东京的列车上眺望国府津的海,看到眼前海面上倒映着月光。原来,当时他就在国府津馆。

"那位老师看起来很精神。"

西久保先生对她说。

当时太宰的同行者,是刚加入新潮社不久、年方二十三岁的编辑野平健一。他接到伊豆消息,说《斜阳》第一章和第二章已经完成,请他过去取稿子。第二天下午,野平与太宰一道返回东京。太宰并未对他提起太田静子。但是在乘坐东海道上行线经过小田原时,太宰突然扭扭捏捏地嘀咕起来:

"电车很快就要挤满了。这样下去根本到不了东京,安全起见还是先下车吧。"

当时电车上一点儿都没有马上要挤满人的感觉。野平满心疑惑地跟着太宰在国府津站下了车。

他一路到了下曾我,却没能见到太田静子。我感觉,太宰治当时应该猜测,她跑到伊豆去了。那首暗示自身之死的《万叶集》和歌,会给太田静子的心带来何种波澜,他一定很清楚,才故意给她寄了去。或许,母亲那天没在下曾我见到太宰其实更好。因为太宰一定会故意对那位年轻编辑这样介绍:

"这位是提供了《斜阳》日记的太田静子女士。"

若听到那些话,她一定又会受到伤害。

人以"万物之灵长"自居,其实和其他动物并没有什么本质上的差别,您说对吗?不过,妈妈,倒是有一点,恐怕您不知道,其他动物绝对没有而人类独有的东西,那就是秘密,是不是?

《斜阳》第二章最后这段话,并没有记录在母亲日记中。那是太宰治自己想出来的。他只想把太田静子当成自己的"秘密"。然而母亲即使到了晚年,也极度厌恶这个字眼。她说,那是饱含着阴影的字眼。

太宰站在母亲呼唤他的二楼西式房间,眺望远处的大海时,究竟想了什么呢?从这里看到的风景,全都成了《斜阳》的舞台。眼前庭院的草地,石阶底部的小小池塘和梅花树,一切都如此熟悉。他一定没有过多在意见不到太田静子的空虚,反倒沉浸在终于顺利写完第一、二章的安心情绪中。

田中英光为他准备的安田屋旅馆房间,可以看见近在咫尺的蔚蓝大海。如同小山丘的淡岛浮在海面上,远处可清楚看到富士山,就像下曾我一样。

他看着那片大海,借着太田静子的日记奋笔疾书,心中应该会回想起十七年前在镰仓小动岬的光景吧。

太宰心中那片阴暗的海与眼前这片海的涛声重叠在一起,书桌上的稿纸仿佛也被海水浸透了。田部目津子独自丧命一案,自然追问了太宰的协助自杀罪。

> 是我用这只手,将阿园沉入水中。我以恶魔的傲慢,祈求着当我复活时阿园死去。

昭和十年发表的《虚构的彷徨》第一部《小丑之花》的开篇部分,太宰写下了这些文字。在岩滩上服药自尽的细节被改成了投水。不过,这个长篇小说中还是隐藏着太宰的真实呐喊。相识两天后就一同赴死,我认为,那是再真实不过的纯爱。她是个天使般纯洁的女性。

你觉不觉得，这块岩石就像母亲一样？如此温暖，如此柔软，我喜欢这块岩石。

《虚构的彷徨》第二部《狂言之神》中她的话语，是那么惹人怜爱。两人就是在这块岩石上服下了毒药。

我要坦言。这个世界上，我只对这个人，这个小个子的女人报以尊敬。

《狂言之神》这句话，宛如太宰的高声哭诉。
若她在临终一刻的痛苦中，呼喊的并非前夫，而是他的名字，太宰必定会尽力呵护，并与她度过余生。在那之后的整整十七年，太宰一直都无法原谅那时的自己，痛苦紧紧缠绕着他。

殉情事件过后的第六年，他独自在小动岬附近的镰仓山间试图自杀，当时目津子的幻影想必是与他同在的。

"我有一天必须要死。"

他坐在安田屋旅馆书桌前倾听涛声之际,这种罪恶感变得愈发强烈了。写给太田静子的那首《万叶集》和歌,并非单纯想引起她的关注。

同时,他一定也时刻想着初代女士。

昭和五年末,他与初代女士订婚以后,两人在伊豆静浦村度过了一段并不算短的静养时间。当时正因为每月能拿到津轻送来的生活费,才能维持那种生活。安田屋旅馆离静浦村并不太远。

那段时间,他在东京辗转租过不少房子,也从非法活动中脱离了出来。初代女士与惹人怜悯的青森艺伎时代不同,时而也会表现出坚强的一面。"只是搂抱我吧,依赖我吧。"他在《Human Lost》[①]中呐喊着,却始终无法原谅昭和十一年初代女士犯下的过错。

他对治疗腹膜炎时用作止痛的羟考酮上了瘾,正中了芥川奖评委川端康成的话:"作者目前的生活充满阴云……"他当时的文字显出凌乱之态,难免会遭遇连续

---

① 《HUMAN LOST》,太宰治《人间失格》的前身。

落选。然而,那凌乱的字里行间,却透露着几分真实。

  这个女人,不行。她无处不在依赖着我。不管别人如何说道,我,要与这个女人分开。

太宰在《姥捨》中这样写道。那是昭和十二年春,他在水上温泉服安眠药殉情失败后的话语。几年前那句"只是搂抱我吧,依赖我吧"究竟去了哪里呢?在最关键时刻,太宰想的却是逃离初代女士。这是多么冷酷的自私。在他变得如此冷酷的过程中,对田部目津子女士难以忍受的罪恶感或许也起到了作用。

  这是惩罚。你如此想成为作家,甚至不惜杀死一个女人吗?

他一定没想到,《虚构的彷徨》第三部《虚构之春》里这句来自"地狱女人"的话,会一直在脑中萦绕不散吧。哪怕杀死求救的女人,也要让自己独自获救。他一直盼望着,有朝一日能写出沉睡似的罗曼。这次,他要为了实现梦想而与初代离别。

她的不义使他深受伤害,痛苦万分,这是不争的事实。太宰的挚友檀一雄对初代犯错之后,太宰治豁达豪放的笑声难以忘怀。

> 我始终难以忘记,初代女士刚出事不久,太宰那狰狞、正派、新生的表情。

他曾经这样写道。我想,这句话正戳中了真相。而其后不久与美知子夫人的结合,果然也是因为当时他的文学需要用到她的才气。

得到太田静子的日记后,太宰完全可以就此收手,接下来把它装点成沉睡似的罗曼就大功告成了。然而太宰却很想把两人的关系当成"秘密"一直珍藏下去。他心中萌生了一定要与她见面的感情。

> 六日,工作总算告一段落。当天出版社来了个

年轻人,七日与我一道出发,途中曾至下曾我山庄拜访,但你不在,当晚便在国府津馆留宿,八日再下横滨玩耍,当晚筋疲力尽回到家中,整整睡了两天。直至今日,才恢复了气力。

今后,还想与你共度悠然日子。

下月初我还想展开工作之旅。

届时再相见,如何呢?

……

2

太田静子收到三鹰来信的次日傍晚,太宰治独自出现在了山庄门口。

距离上次还不到一星期时间,他突然独自再访。那是三月中旬,夕阳西下后。

他只想早一刻见到太田静子,或许这就是恋爱吧。他心里一直高兴地想着。夏日临近傍晚的午后,从御殿场线下曾我站走向山庄的途中,我对女儿万里子说起了这些话。

"是吗?那难道不是太宰先生对静子女士的服务精神吗?"

耀眼的阳光中,万里子的侧脸显得格外老成。我从未往"服务精神"这个层面上思考过。

"你为什么要那样说呢？"

我忍不住停下了脚步。我本以为自己属于能够冷静思考的那类人。

"妈妈不是常说，太宰先生是个极其自私，只考虑文学的人吗？"

她略显慌乱地说。确实，我一直对女儿说那样的话。我感觉，自己说的全都是坏话。尽管如此，她的回应还是让我大吃一惊。

"服务精神。"

我想，若是将它安在太宰身上，无论对心爱之人还是毫无感情之人，他都能一视同仁地给予。因为不这么做，他根本无法活下去。

可是，一旦被人提醒他对我母亲太田静子也是这样，我便想生气地反驳。若果真如此，母亲就太可怜了。而且说出那句话的人，竟是母亲的外孙女万里子。不知母亲在天上究竟会作何感想。我突然害怕，她会意外地露出微笑："是有可能啊。"

"确实,太宰具有某种服务精神。可是我认为,我母亲是少见的,不会让太宰感到疲惫的人。不会感到疲惫的服务精神,难道不是爱意吗?"

我边说边迈开了脚步。

"太宰和静子女士都跟万里子有点像。他们两人曾对着《次郎物语》的电影放声哭泣。你看到悲伤的场景时,不也经常流泪吗?"

"妈妈不会流泪。"

"对,因为我看着轻易流泪的母亲,总是有种无可奈何的心情。不管怎么说,男女两人对着电影的同一个场景流泪,应该就是心心相印的证据。"

我从未经历过与异性一同哭泣的时刻。仅从这点考虑,就可以说我内心比太宰和母亲都要冷漠。

尽管如此,我还是觉得他那次来访过于急切了。只能认为,太宰心中涌出的既非"恋情"也非"服务精神",而是让他欲罢不能的另一种感情。

他尚未决定《斜阳》的结局。在希望长久保持太田静子这个"秘密"的同时,他恐怕也对《藤十郎之恋》

难以忘怀。然而,最重要的是作品。或许仅仅为了这点,他也要充分发挥"服务精神"才行。

太宰黄昏出现在山庄门口时,母亲正躺在昏暗中的中式房藤椅上。她当时在想肚子里的孩子。就在那时,外面传来太宰的声音。

"屋里怎么这么黑?你在哪里呀?"

太宰一边叫着,一边从玄关走了进来。母亲马上坐了起来,以为自己在做梦。

"你在想我吗?"

太宰说着,紧紧搂住了她。

打开灯,他的表情充满了活力,仿佛一个开朗的男孩子。

"你是在想我吧?"

他再次抱紧太田静子,兴奋地说着。来到比任何人都思念自己的太田静子身边,他无比高兴。此时,那些所谓"服务精神"也早已被他抛在了脑后。我想,他脑中应该只剩下了为母亲所爱的男孩子的心情。他果然"永远是个孩子"。

"等我写完《斜阳》,我们一起到京都去吧。我想过一过谷崎润一郎那样的生活。在京都住上一两年,一定能写出好东西来。我要写出胜过志贺直哉和谷崎的作品。"

面对比平时更多话的太宰,母亲有点应接不暇。她迟迟无法说出自己怀了孩子。

其实,当她在黄昏的黑暗中听见太宰的声音时,心头就一直有种沉重的压力。

"我觉得他来得太早了。这样听起来或许很冷漠,可我的心情是他怎么又来了。"

母亲后来告诉我,她觉得自己产生那种想法很对不起太宰。当她清楚自己确实怀上孩子时,对太宰的爱慕一时稀薄了许多。比起恋爱,她心中有着更强烈的保护腹中胎儿的感情。她还说,那种感觉就像流浪母猫怀孕后,会警惕向它靠近的公猫一样。

但有一点很明显,除此之外,他们之间还有那种男女特有的心理活动。就像跷跷板一样,一方积极靠近,另一方就会退却。

我感觉,太宰治在把作品放到第一位的同时,也真心幻想着跟太田静子到京都生活。

《斜阳》完全可以有另一种结局,即女主人公的母亲——也就是太田纪沙女士去世。母亲的日记便止于此处。女主人公和子和她的小说家情人会因此得到救赎。或许他曾想过,让两人不去赴死,而是共同前往京都。

我想,到京都去的空想让太宰心境明亮了不少。他还一次都没踏足过京都。单是从津轻来到东京,对他来说已经是场大冒险了。若要他再到京都去,那种感觉仿佛是前往遥远的巴黎。他究竟能否去到那里呢?可是,他不得不去。他想在那片新土地上创作新杰作。他父辈祖先出生于福井小浜,那些祖先的祖先说不定就来自京都。因为传说小浜住着许多从京都落难而来的人。

昭和十九年十一月发表的《津轻》已经得到了极高评价。那篇作品充满了对津轻的爱。尽管他对亲人刻意讨好给人感觉有点奇怪,但对津轻这片土地的爱,却毫无保留地传达了出来。

对于祖先出生于小浜,他在文中只字未提,只强调了母系的津轻本地人血统。

  所谓现实,应是要使人感受它的存在,而不是强迫人相信它。①

《津轻》中的这句话,我自少女时就十分喜爱。这句话教会了我相信的重要性。文中提到,太宰曾在旅行手札里将这句话抄过两遍。几年前,我编写林芙美子评传时曾查找过太平洋战争时期的报纸资料。当时,我意外地看到了一句十分相似的话。

"信即是力。"这是昭和十九年二月二十七日《朝日新闻·国民座右铭》专栏的标题。普遍认为,这句话出自明治时期的宗教界,在《战阵训》中被引用成了"信即力"。当时的军部为了传播战争必胜的幻想,特意利用了这句话。那年元旦头版上,刊登了内阁总理大臣东

---

① 《津轻》引文出自太宰治《津轻》,吴季伦译,四川文艺出版社,2017年。后同。

条英机的谈话大标题——"一心剿灭敌军"。那是与现实背道而驰的内容。

将日本人逼上战争之路的话语,竟跟太宰在《津轻》里的文字相通。太宰很喜欢"相信"这个字眼。昭和十五年十一月,在他投给《帝国大学报》的文章《微弱之声》中,就随处可见"相信"二字。

> 我想,我只能相信。我要不假思索地相信。

> 我认为,没有相信之力的国民将会落败。沉默地相信,沉默地继续生活,这样才最正确。

> 对于相信并落败一事,我毫不后悔。这反倒是永恒的胜利……无上的欢喜!

而这个字眼,又延续到了恰好一年后的十二月八日完成的《新郎》。

日本将会变好。变得越来越好。现在,我们只需默默忍耐,日本必将迎来成功。我相信。报纸上大臣们的话语,我全都坚信不疑。就让他们放手去干吧。

"我相信""我相信",这仿佛是对"信即是力"的不断回应。写出这些文字的太宰,为何会被算作抵抗军国主义的少数作家之一呢?他在战争中固然写过一些不对军部曲意逢迎的文章,但无法否认,他也写了不少何止逢迎,甚至大力支持军部的东西。我认为,若对那些文字视而不见,就无法看到真实的太宰治。

太宰对军部的感情,与他对津轻家乡的感情是相关联的。两者在当时都是他难以摆脱的权威。可以想象,那个时期的太宰对待这些权威,也不由得用上了"服务精神"予以应对。

他或许想说,那些都是明知日本会落败,怀着自暴自弃的心情故意写就的。然而读了那些文字的人,并不知晓他的心境。他们或许会想,曾经写过那些直率文字的人，如今也表达了这样的坚信，那我也选择相信吧。

十二月八日清晨，太宰在那篇始于三鹰站前广场，旧式马车正在等客的《新郎》中，写下了这样的结语。

> 我想坐着这辆马车到银座八丁逛逛。穿上鹤丸（我的家纹是鹤丸）纹和服，套上仙台平裤和白足袋，坐着这辆马车到银座八丁逛逛。啊，近来我每天都带着新郎的感觉活着。

哪里会有这样的自暴自弃？我想，他的心情是非常认真的。这让我不禁想问，暴发户津岛家的家纹，究竟哪里值得自豪了？同时我又想起他在《东京八景》中写下的恶俗语句："我因为故乡家业庞大感到可耻。"

然而在大约一年前发表的短篇《鸥》中，他又把自己比作为落魄的老乐师，与他后来的文字截然相反。这种矛盾正是太宰的特质。

在《如是我闻》中，太宰治对志贺直哉在"新加坡陷落"之际说的"一亿人同心不期而得"这句话，用"你小子"打头的连篇恶语狠狠批判了一番。然而志贺只写过一次那种文章便不再涉及。十二月八日那天,他始终保持着沉默。

与此同时,那天的太宰却彻底兴奋起来。早在那之前,他就一直是军部的支持者。多么肤浅。在我看来,太宰治在批判志贺直哉之前,应该先对自己的愚蠢进行自我批判。

《新郎》是太田静子初次拜访三鹰太宰家之后不到三个月时写成的。我想,母亲对太宰那个"好像武士一样"的第一印象并没有说错。那与她十天后头一次与太宰相约东京站时留下的法国演员印象全然不同。毫无疑问,太宰治是个变色龙般的人物。母亲当时可能没有读到《新郎》的激烈言辞。若战后太宰出现在下曾我时,依旧是那种身穿家纹和服、表情僵硬的样子,想必我就不会出生了。

翻开太宰治昭和九年二十五岁时写的《他不是从前的他》,就会发现里面竟预言了他的变色龙性质,着实有趣。

"那个人只会模仿。他哪来的什么主见,全都是受了女人的影响。跟文学少女在一起就谈论文学,跟市井之人在一起就成了小市民。我明白得很。"

其中一个女人口中的他,仿佛就是太宰其人。
"我怀上孩子了。"
太田静子鼓足勇气说。
"没关系。静子是个好孩子,静子做了一件好事。"片刻沉默过后,他说出了这句话。
我想,彼时的变色龙可能在心中号啕大哭。他还想继续享受二人世界,还想让出生于近江的母亲带他走遍京都。母亲这么快就怀了孩子,即使被怨恨也毫无办法。可是我认为,他对母亲说的那句"静子做了一件好事"并不虚假。那句话里满是太宰的温情。可以说,这也是一种"服务精神"的体现。
"这样就不能跟静子一起死了。"

太宰打开房间窗户,凝视着夜色中的梅花,低声呢喃道。他那寂寥的笑容让母亲心中一颤。她一时间忘却了腹中生命的萌芽,想着可以跟太宰一起去死。

3

二〇〇九年初夏,我到太田静子的故乡近江湖东町爱知川走了一遭。那正好是关西地区宣布进入梅雨的前一天。包围在铃鹿山脉平缓曲线中的爱知川,横亘着自古便已存在的中仙道。

大约二十五年前的女儿节时期,享年六十九岁的母亲刚去世不久,我头一次踏足了爱知川。母亲自二十四岁到东京以后,就再也没有回过日夜思念的故乡,我那次就是代替她去的。

那次旅途与NHK的纪录片制作组一同展开。我们乘坐新干线来到米原,再换乘近江铁路,坐在横穿近江原野的两节小车中一路摇晃到爱知川站,全程共花了将近五十分钟。小巧的爱知川站里还建了一座车站画廊。

走出检票口,来到阴郁的天空下,周围散落的陈旧木屋仿佛都在朝我露出笑容。这种闲适似曾相识。

很快我便想到,那种感觉来自我出生的下曾我。"这里真是个好地方,像梦一样。"昭和十九年一月,太宰治头一次走出下曾我车站时,反复说过这句话。我想,若他来到爱知川站,可能也会说出同样的话吧。

沿路走了一小会儿,我们来到一座木质结构十分牢固的旧木房门前。那是大正时期旧爱知郡的政府办公楼。我想起我家老相册里那张母亲参加爱知川小学入学典礼的纪念照片。眼前这座楼很像照片背景中的小学教学楼。母亲参加的是大正八年的入学典礼,她是当时少见的男女合班的新生。照片中除了两个孩子穿着学生制服,其他男生都穿着和服。女孩子则都是和服加袴裤的造型。唯独母亲戴着宛如七福神"大黑天"似的毛线帽,穿着俨然"小公主"的大领子连衣裙,还戴着一串华丽的珍珠项链。真是一身与众不同的装扮。

"其实我很讨厌被打扮成那种样子。"

当时太田纪沙女士的弟弟纯一舅舅在日本邮船欧洲航线工作，那一身全是他从法国买来送给小外甥女的礼物。

爱知川小学入学典礼的照片旁边，贴着她一年级学艺表演的照片。那是《天人羽衣》的舞台照。同年级女生班的田中俊子扮演天女，母亲则扮演渔民。照片上的母亲扛着钓竿，坐在舞台一侧大张着嘴，着迷地看着正在跳天女之舞的可爱俊子。

"我身上穿的黑斗篷是守先生的。在爱知高等女学校时代的学艺表演上，我还演过菊池宽《父归》的长子角色。那时穿的西装也是守先生年轻时的旧衣服。"

母亲长得有点像西蒙妮·西蒙，外貌独特而富有魅力，很适合扮演男性角色。

"守先生一直都对我很好。我最早的记忆就是跟守先生一起乘坐近江铁路的列车。"

母亲天生心动过速，进入小学后也因为这个毛病一直不能参加运动锻炼。就在小学入学前不久，发生了一件让她的心动过速进一步恶化的事。当时每到星期日，家中保姆都会带她去参加寺庙的星期日学校。一次，寺里的和尚对她说：

"说谎的人会被拔掉舌头，扔进地狱。"

年幼的母亲陷入了绝望。她觉得，自己以前一定说过谎。和尚讲话的厅堂里挂着一幅地狱绘卷，看着上面那些在血池针山受罪的人，母亲"哇"的一声转身就跑，完全忘了守先生平时对她说的千万不能跑步的嘱咐。她一个劲地跑着，很快就喘不上气来。不知不觉间，她来到一条河边，那条河竟也叫"宇曾川"①。由于惊吓过度，她险些失去意识。亏得保姆追了上来。

"我说过的话里，如果有谎话，大家要原谅我呀。"

听了母亲气喘吁吁的发言，保姆紧紧搂住了她。那是一位温柔的女性。母亲回到家后，又对每个人都说了同样的话。

"静子小姐又在说胡话了。"

帮佣和药房女店员异口同声地说。兄长馨不耐烦地

---

①日语中"宇曾"（uso）与"谎言"（uso）同音。

说了一句:

"静子小黏糊。"

比她年长两岁的兄长,一直这样称呼妹妹。太田纪沙女士一言不发,不知为何略显悲伤地看着女儿。只有守先生微微笑着,轻抚她的头说:

"好啦,好啦,知道啦。"

太宰也在津轻的寺庙中看见了地狱绘卷。

  说谎之人会坠入地狱,被鬼拔掉舌头。当我听到这个时,惊恐得哭了起来。

他在《回忆》中这样写道。

太宰长大后时常说些无伤大雅的谎话。可是母亲说,他在大事上从来不会说谎,包括他也想跟静子生孩子这句话,他到最后都没有否认。当他摸着母亲的头,说"静子做了一件好事"时,母亲从太宰身上看到了身在天国的守先生。

这次旅行开始的两个星期前,从爱知川小学起一直到女校时代都与母亲关系亲密的河村昌子女士去世了。大约三十年前，昌子在电视上看到参加NHK美术节目的我，突然怀念起母亲来，还专门跑到东京，在电话簿上寻找母亲的名字，拨通一个又一个号码。她在电话簿上找到了十六个"太田静子"。两人在涩谷站的八公铜像附近实现了暌违四十余年的重逢。我还记得母亲兴奋地说，昌子女士温和的面庞与女学生时代一模一样。

昌子女士一直都很健康。她的长子善一先生对我说，直到去世前不久，九十五岁高龄的她还有着一头柔顺的黑发。而俊子女士如今在东京，得到了女儿登纪子女士的照料，整个人显得年轻又有活力，让我很是安心。爱知川似乎已经没有人还记得母亲了。后来我们找到太田医院对面的胜光寺，听住持野田晓春先生讲了许多母亲年轻时的事情，这也多亏节目制作组的山登义明先生和下村幸子女士的辛苦联络。胜光寺是起源于东本愿寺的寺院。母亲上的"星期日"学校在专光寺，那是隶属于西本愿寺的寺院。爱知川是著名的净土真宗信仰地区。

野田住持的母亲名叫春江，比我母亲年长七岁。母亲小时候把春江女士当成自己的亲姐姐一样敬仰。春江女士是寺院住持的独生女,母亲很小的时候,她在彦根女校上学的姐姐芳子就患肺病去世了;刚上小学没多久,妹妹槙枝也因感染上当时肆虐日本的西班牙流感夭折。身边只剩下一个哥哥和两个弟弟,母亲成了家中唯一的女孩。

"只要活着就好。"守先生和纪沙女士都这样想。母亲儿时与兄弟一起拍的照片里,全都是一副噘着嘴的样子,说不上十分可爱。

"我一直觉得,自己是整个太田家长相最奇怪的人。"

母亲是这样回答的。或许她觉得,那个乍一看很不满意的噘嘴,正是对自己以前必然说过的谎话的恐惧。

另一方面,太宰儿时照片中总能看到亲切的笑容。他在《人间失格》里称其为"猴子的笑脸",实际并没有如此糟糕,反倒十分可爱。他应该也为自己说过的谎言感到惊恐,为何却表现得如此不同呢?

不过母亲在进入爱知高等女学校后,就不再噘着嘴了。

"因为我转过弯来,只要今后不再说谎就好了。"

我想,母亲的这个想法,不久之后就让她义无反顾地走上了"未婚母亲"的道路,然后生下了我。

"静子小姐的房间在太田医生家中显得格外明亮。房间里放着留声机,唱片好像都摆在另一间房里。她应该每个月都会去京都买唱片,像勃拉姆斯的十一张选集,贝多芬、肖邦之类。"

年近八十的晓春先生把目光投向远处的虚空。二十五年前,我在爱知川与他母亲见过一面,当时她的眼神与现在的晓春先生很是相像。想来,春江女士也已经去世十多年了。

"我小时候曾坐在静子小姐腿上,听着唱片昏昏欲睡。然后静子小姐就会轻声细气地对我说:'你听,马上就到最好听的地方了。'我记得,那应该是勃拉姆斯《第一交响曲》第四乐章开始的时候。"

听着晓春先生的话,我回忆起母亲曾对我说过:"春江女士家的少爷很聪明呢。"不过话说回来,晓春先生每次提起母亲语气都十分珍重。

"太田医生的家总给我一种闪闪发光的神奇感觉。将近三千坪的土地上有红白莲花池,我记得每个池上都漂着小船。走进西洋风的玻璃玄关,是一条擦得亮晶晶的长廊。静子小姐的房间就在南侧深处。"

"家里是不是有条叫摩登的狗?"

我听说那是守先生根据"Modern Dog"这个词起的名字。

"那条狗我记得可清楚了。那是一条黑白斑点的可爱垂耳狗,很听话很老实,仿佛太田医生家里人的性格也传到了小狗身上。"

"听说它后来被偷狗人抓走了。"

我把母亲说的话告诉了晓春先生。当时全家上下都十分难过。

"我不知道这件事。静子小姐肯定很伤心吧?原来小狗名字叫摩登吗?太田医生家所有东西都很西化。连他出诊开的车都是帕卡德,好像还开过奥斯汀。"

当时是昭和初年。守先生驾车出诊时,电动汽车在永源寺的坡道上抛了锚,最后还是让摩托车用缆绳拖回去的。这是二十五年前,我从居住在大津的画家中野泰辅先生那里听来的故事。泰辅先生父母都在太田医院工作,他本人也出生在那儿。他还说,在母亲房间里看过的那许多西方名画集,是他立志成为画家的契机。那些名画集也跟唱片一样,由母亲每月从京都的书店采购而来。

"我记得候诊室里挂着很大一幅西方名画复制品,后来仔细回想,那应该是伦勃朗的画作《杜普教授的解剖学课》。"

晓春先生继续说了下去。

"每次听完唱片后,一定都有红茶和蛋糕。当时这附近大家都不敢想象吃蛋糕这种事,所以真的像做梦一样。"

蛋糕也是从京都买来的吗?我忍不住想放声哭泣。因为我无论如何都无法想象,那个少女时代生活富裕的母亲,和我所熟知的在仓储公司食堂埋头干活的母亲竟是同一个人。母亲选择了不欺瞒自己内心地生活,那正是她想要的。可是一想到她身为未婚母亲独自养育我长大，为此鞠躬尽瘁拼命工作，我就无比心疼。

"不管别人告诉我静子小姐受了多少苦，我脑子里总是会浮现出那样的她。"

晓春先生的声音，显得愈发空灵了。

"静子小姐是我的恩人，有了她才有今天的我。正因为认识了静子小姐，我后来才会选择音乐这条路。"

晓春先生曾经进入艺术大学学习作曲，在担任住持的同时，还兼任了高中音乐老师，并一直从事古典音乐创作。

"我把对静子小姐的记忆写成了一首钢琴曲。那已经是好几十年前的事了。"

那出乎意料的话让我脑中一片空白。

晓春先生用三角钢琴弹奏了那首曲子，旋律竟意外的明朗有力。那绝不孱弱也绝不甘美的风格让我很是欣喜。那应该是晓春先生从传闻中得知母亲生活举步维艰，无意识中带着鼓励母亲的心情创作的曲子。我想，那个始终活在纯真少年灵魂中的太田静子，无疑是个幸福的女性。

4

　　昭和二十二年春天，下曾我的梅花开了很长时间。直到三月末太宰治最后一次踏足这里的那天黄昏，二楼房间窗外的梅树林依旧一片雪白。
　　"夜晚的梅花，如此忧伤。"
　　太宰静静地说着，微笑起来。他的下一句话便是："这样就不能跟静子一起死了。"两人定定地立着，凝视窗外夜梅。虽然有这么一瞬间，母亲心里满是可以跟太宰一起死的无悔，但她很快便把全部心思放到了腹中胎儿上。就连旁边太宰的沉默，她也没有在意。
　　我想，太宰当时可能在思考《斜阳》后半部分的大纲。女主人公和子今后将以"私生子"之母的身份活下去。那样一来,相当于自己分身的弟弟直治和作家上原,就更加注定要迎来死亡。

翌日清晨,母亲到邻村取完牛奶,匆匆赶回下曾我。她发现,太宰站在半坡墓地入口处。周围虽然洒满了阳光,唯独他的头顶还一片昏暗。三年前,太宰治头一次到下曾我时,就曾呆立在那儿凝视路旁陈旧的标牌。她不禁回想起那宛如耶稣受刑架的十字路牌。

"怎么了?"

不知何时,太宰已经来到眼前。

"请您不要死。"

她兀自说着,被太宰一言不发地抱紧。两人沐浴着朝阳,缓缓走上斜坡。

"傍晚前我得回东京去。"

吃过早饭,太宰这样说完,母亲马上点了点头。她想,过几天太宰一定又会像昨天那样突然出现。她正要换衣服准备像往常那样送他到国府津,却听到太宰用略显尖锐的声音说:

"我们搭车去,不用换外出服。"

原来他依旧不打算走御殿场线,而要搭乘鲜有人使用的巴士,这让母亲感到很伤心。她想,太宰一定无比害怕遇见他口中的"理想妻子",那位开朗坚强的尾崎夫人。她感觉,即使怀上了太宰的孩子,他还是要将两人的关系掩藏在公众看不见的地方。

坐在巴士上,太田静子的泪水还是涌了出来。

"我很快还会来,别担心。"

太宰不停安慰她。

两人无暇在国府津馆吃午饭,而是走进了之前曾到过的站前小书店。

"在我下次来之前,希望你能读完这本书。"

太宰从架上拿出一本浅绿色带花纹的小书,翻开写着"死"的那一页。母亲心中一阵悸动,可他递过那本书时,脸上却带着笑容。那是扎伊采夫的短篇集《丁香花》。

"扎伊采夫十分敬仰契诃夫。这本书里的所有短篇我都喜欢,但《死》最能打动我。它会让我禁不住流泪,仿佛把我的心思直接化成了文字。"

她感觉,自己头一次看见太宰如此热忱地讲述一篇作品。

送他走到国府津站台,方才的心悸已经消失。母亲的心情转而充满别离的寂寥,只能流着泪不停挥手。

回到家后,她捧着那本浅绿色小书,在藤椅上呆坐了许久。她非常害怕翻开那篇《死》,便读起了另一个短篇《珍珠》。女主人公戴上旧情人赠予的珍珠项链参加派对,却意外遇到了她的旧情人,最终两人在尴尬中各自离开。

太田静子想起太宰二月末送给她的假珍珠。她并不愿将其当作带着离别之意送给她的礼物。只是,若太宰治读过这个短篇,那种想法又并非不可能。可她又感觉,即便太宰真心如此,自己也不会在乎。她只想生下腹中胎儿,两人在下曾我静静生活。于是她咬咬牙,翻开了那篇《死》。

小说中写道,丈夫临终前对妻子坦白,他跟情人生了一个女儿。读到这个场景,太田静子感到脸上渐渐失去血色。太宰对美知子夫人的歉意一股脑儿涌入她心中。

妻子在亡夫墓前遇见了手捧花束的少女。女孩让她感到无比熟悉亲切,她不由得抱紧了她,同时妻子又想,亡夫想必也经历过一段艰辛岁月。文中写道,她打心底里原谅了丈夫。

母亲感觉自己的面色愈发苍白,原来太宰也希望在死后得到美知子夫人原谅。此时,她回想起《维庸之妻》中丈夫说的那句话:"为了大家,还是死了好,这一定没有错。"

三天后,母亲收到了三鹰的来信。

> 昨日承蒙你照顾了,回家后,美知凭借奇怪的直觉知道了一切(包括通信,及静子的真名假名),并流着泪逼问我,使我不知如何是好,她昨夜似乎一夜未眠,今早用过早饭后又回到房间一角躺下睡了,
>
> 临近分娩,想必她的直觉比往常要敏锐,
>
> 我决定静候一段时间,

近期最好别往三鹰写信或发电报，事情闹得如此之大，连我也倍感意外，你自己也要保重

贞子
敬上

　静子女士

　　那封信让母亲很是意外，因为太宰治曾说，美知子夫人平日寡言少语，恐怕就算知晓一切也绝不会失态。她还从"美知"这个昵称中，看到了夫妻间的爱意。

　　这点且不管，信后太宰还署上了此前通信一直使用的女性假名"贞子"。由此可见，他写信时心里应该非常慌乱。文中遍寻不见句号，清一色都是逗点。

　　母亲心想，太宰这是要抛弃她了。然而，那并没有让她流泪。一想到腹中的孩子，她就感觉身体的一部分沐浴在纯净的光芒里。她再也不去想了。她感觉"一切都好"。那是一种山中湖泊般静谧的心情。

　　时至四月，她的孕吐开始加重。她认为，这是腹中孩子身体强壮的证据。她还说，那时曾想过就算自己死

了也无所谓。

还有一事最让她深感鼓舞：战中疏散到近江的小亚一家搬到了下曾我。一家人落脚在距离山庄不远的城前寺内小屋中。小亚的丈夫柏冈先生在我的舅舅武供职的东芝平塚工厂找到了工作。小亚站在樱花散落的寺院内，圆圆的眼睛跟她在太田医院工作时闪着同样的光芒。

"您做了一件好事，现在不用担心了。请您只想着肚子里的孩子就好。"

母亲听了小亚的话，如同听到"圣母领报"的天使之声。

她做梦都想不到，此时太宰治会在给田中英光的信中写下："如今我痛苦得只想去死（不慎与女人交往过深，正不知如何是好）。"当然她也不知道，三月三十日，一名健康的女婴出生在了太宰家。

五月，太田静子头一次到小田原的医院就诊。确认自己已经怀孕四个月后，她心里突然充满不安。或许，太宰想忘掉下曾我。她也不知道《斜阳》进展到了何种程度。从母亲当时的日记中，可以读出她内心的混乱。

为《斜阳》恋爱，为《斜阳》书写日记。

　　为了让《斜阳》成为一部好作品，我对神灵奉上了比任何人都"激情的祈祷"。

　　我本以为，夫人能原谅我……

无论翻开哪一页，都能看到纤细如米粒的虚弱字迹。可以推断，她当时突然失去了活力。

　　同时，她的钱也越来越少了。单靠武的资助并不够，母亲就想找太田纪沙女士的胞弟、住在大和田的舅舅帮忙。舅舅战时曾任遁信副官，是个淳朴正直的人，想必会反对外甥女给有家室的作家生孩子。一想到这里，她请求帮助的信就难以下笔。

　　家中和服首饰渐渐被换成大米，继太田纪沙女士留下的蓝宝石戒指后，蛋白石戒指也卖掉了。太宰曾说《斜阳》完成后会给她一万日元，那枚蛋白石戒指也卖了一万日元。只是，她依旧十分期待纪念《斜阳》诞生的那笔钱。她想把那笔钱花在即将出生的孩子身上。

生个健康孩子，赚取金钱。这便是我的愿望。

日记上虽然这样写着，可她似乎从未考虑过自己该如何赚钱。她此前一直梦想以创作为生，从未出去工作过。

读《维庸之妻》。
我无法成为维庸之妻，因我无法舍弃自己创作的自负。为《斜阳》书写的日记，我更想亲手写下去。

不知从何时起，她字里行间就流露出后悔把日记交给太宰的心情。这一切都因为他迟迟没有来信。太田静子左思右想，决定去信告知自己将上京到三鹰拜访。她用了纪沙女士已故胞弟"上畑纯一"的名字，又请小亚写了信封。很快，回信就来了。

拜复

　　感谢来信。若你与令弟一同来玩耍，下午三点后我可随时奉陪。出三鹰车站后向商店街南面走五十米，前方可见一座桥，桥下有一鳗鱼摊，摊上悬挂紫色暖帘。只需询问摊主或老板娘，即可知我所在。摊主会骑自行车去接我。我每日工作到下午三点，随后会去鳗鱼摊喝酒解乏。

　　不一

　　母亲没有勇气一个人去三鹰。同时，因为弟弟通出身法律系，她也想顺便咨询一些关于孩子的法律事宜。

　　去三鹰前，姐弟俩决定到东京站附近的餐厅用午餐。两人朝马场先门方向行走，经过麦克阿瑟司令部所在的"第一生命"大楼，一辆白色跑车从旁驶过，驾驶席上的蓝眼睛驻军军官探出头来，朝身穿大岛和服的母亲抛了个媚眼。后来她告诉我，当时突然想起了守先生带她到琵琶湖畔兜风的光景，恍如隔世。

　　"今后怎么办？"

通见姐姐还是一副漫不经心的样子,似乎松了口气。他告诉她,新宪法修订后,就不再有私生子的概念了。

"我想让孩子加入我的户籍。父亲那栏可以留白,就当是我一个人的孩子好了。"

"既然如此,只要太宰先生亲笔写一份证明书就可以。"

四点刚过不久,两人来到三鹰的鳗鱼摊。摊主骑自行车去叫太宰,留下他们坐在鳗鱼摊上等。五月河风吹起滩头暖帘,发出唰唰的声音。

不一会儿,太宰就微笑着掀起暖帘走了进来。他很快朝这边看了一眼,目光冷淡得宛如陌生人。眼前的男人穿着哔叽上衣和灰色长裤,脚上着一双木屐,看起来就像黑市商人。

他变了。太田静子很想直接掉头返回下曾我。

5

"你是通君吧。"

太宰治在鳗鱼摊上喝了一杯啤酒,站起来叫了一声初次见面的通。跟在先走出去的太宰和弟弟后面,太田静子独自走在寒冷的小路上,感觉自己的心也要冻结了。太宰仿佛在刻意忽视她。两人目光相遇的瞬间,她看到的冷漠究竟是怎么回事?他为什么变了这么多?母亲久久不能释怀,一心想着回下曾我。

穿过小桥,两人走进了军营内的市场。他们找到一间小饭馆,坐在吧台旁的高脚凳上,太宰始终只和通对话。此时,一个戴着贝雷帽的瘦削青年走了进来,那是编辑野原一夫。不一会儿,又有一两个编辑走了进来。

原来这里是太宰经常光顾的小店。太宰带着几个编辑走出小店"紫罗兰"时,又叫母亲和通一起跟过来。野原先生自始至终没发现那两人是太宰的客人,还为此疑惑了半天。后来的事情,野原先生在《回想太宰治》中说得很清楚。他们来到另一间经常光顾的小店"千草",几个人在里屋围绕着太宰痛饮畅谈,太田静子则独自站在门口的阴影里。

  被太宰先生叫进包间后,那名女性也坐在了离桌子稍远的地方,低垂着眼一动不动。我全然不知她究竟是什么人。本以为是亲戚,可她迟迟不能放松,若是读者书迷,却也显得有些奇怪。

母亲当时站在门口,心里想了什么呢?一定是路上太宰还给她的银项链盒吧。太宰原本走在最前面,走到桥边却回头看了她一眼。随后他招招手,往她掌心里塞了个小东西。
  "这是我从下曾我的文具盒里悄悄拿走的。"

他飞快说完,逃也似的回到了最前头。那是嵌着太田纪沙女士照片的银项链盒。怀上孩子后,母亲一直奇怪项链盒怎么不知所踪。项链盒里的太田纪沙女士尚未过分消瘦,面容十分美丽。太宰把它拿走了,让母亲感到一股温暖的喜悦;同时又因为太宰把项链盒还给了她而万分悲伤。母亲冲动之下将项链盒扔到了河里。那个场面被母亲写进了《我的悲歌》。

母亲站在"千草"门口,心中一定满是后悔。

"我有个银项链盒,里面放着太田纪沙女士的照片。只可惜后来扔进了河里。"

母亲曾眼神空洞地对我说过这件事。不过,她当时没有告诉我何时扔进了哪条河里。

将银项链盒扔掉以后,她觉得最对不起的还是太田纪沙女士。没有了纪沙女士的项链盒,她与太宰的缘分也就此断绝。当时站在门口的母亲,心里想的或许是这个。

母亲走进包间,宴席进入高潮。太宰低声唱起了灰田胜彦的《璀璨星座》。

男人纯爱星之色

朗朗夜空独一盏 望断愁肠

……

一心一意宁舍命 男人之心

母亲带着随时都要哭出来的心情听他唱着。她与太田纪沙女士住在洗足池一带时,与灰田胜彦的伯母是邻居。她经常在那座挂着蕾丝窗帘的房子里看到那位当时已十分出名的歌手。他是归国的二代移民,二战时好像也从了军。太平洋战争爆发不久,母亲和太宰初次相遇。太田纪沙女士当时也很健康。项链盒里的照片,就拍摄于那段时间。

"对不起,对不起。"

她在心中呢喃着,不知何时一名戴眼镜的年轻女性坐到了野原先生旁边。她似乎拿来了一瓶高价威士忌,给桌上人倒酒,利落地擦拭餐桌,这些动作让母亲觉得她是个风风火火、爱好整洁的人。她万万没想到,眼前这人就是刚刚成为太宰情人的山崎富荣女士。

不一会儿,又进来一位皮肤白皙的小个子男性和一位戴着圆眼镜的男性。那是太宰的朋友伊马春部和广播剧团的配音演员岩金四郎。伊马刚落座就与太宰拥抱亲吻,两人的亲密让母亲吓了一跳。两位先生那天是为了六月在 NHK 广播演出的话剧《春之枯叶》来找太宰商谈的。太宰当众朗读起第三幕开头部分。

"……我要死。死了就好了。……我这是要以死谢罪啊。"

太宰反复读了好几遍"我这是要以死谢罪啊",以某种自暴自弃的态度不断加压,让母亲听得越来越害怕。

"您肚子饿不饿?"

方才那位戴眼镜的女性叫了她一声,把她领到隔壁房间。那里除了乌冬面,还摆着一盒外卖炸猪排。母亲当时很感慨,这位女性真的太善解人意了。只是,她并没有食欲。

两个女人到隔壁吃乌冬面时,太宰凑到野原先生耳边悄声说:

"你今天不要走,一直陪我到最后。拜托了。"

他害怕跟母亲独处。

从店里出来,通对太宰打了声招呼:

"我先告辞,姐姐就麻烦您关照了。"

说完,他就回去了。他本来是太田家中头脑最聪慧的一个,那天晚上想必是没有觉察到太宰治与太田静子的内心挣扎。他回家时一定还认为,太宰先生是个平易近人的好人。

母亲当时为何没与通一起回去呢?我想,可能到了分别那一刻,她突然又舍不得太宰了。

夜色渐深,不知何时只剩下太宰治、太田静子和野原先生三人。他们朝画家樱井浜江先生的画室走着。周围虽然很暗,樱井先生家却亮着一盏明灯,里面有一幅红色陶罐的画——上次她看到的陶罐全是冷色系。就连画室都好像比一月份跟太宰造访时亮堂了不少。可是,母亲的心却亮堂不起来。太宰坐到画室地毯上,喝了一会儿自己带过来的日本酒,不知不觉就睡着了。野原先生也躺了下来。母亲只好解开和服腰带躺到了长椅上。

她听着外面的雨声,夜不能寐,思绪万千,眼泪一直停不下来。她很后悔到东京来。她不该跟通一起来。想到太宰对通格外笑容可掬的态度,母亲突然很想死。她在《我的悲歌》中写道,当时她感觉只要回到下曾我,换上白色睡衣,躺在二楼床上就能前往天国。

"请等一等。肚子里的我怎么办?你不是要找太宰商量腹中胎儿的事吗?"

我很想对当时的母亲大喊。

早上,外面下起了大雨,画室里昏暗如夜。野原先生看着太田静子水肿的脸,猜到她一夜都没合过眼。

太宰独自撑着伞去买啤酒了。他还说要拿着母亲的手提袋出去。若他已经开始讨厌太田静子,应该不会特意拿着她的东西出门。樱井先生家应该有不止一个手提袋。或许,太宰当时在雨中边哭边想着母亲。他之所以无法对她说话,是因为脑中已经想好了《斜阳》里和子最后的信。

看样子,您也把我给舍弃了。不,是逐渐忘

却了。

然而，我是幸福的。我的心愿实现了，我怀上孩子了。如今，我感到失去了一切，可是，肚子里的小生命，正是我孤独微笑的动力。

唯有信的开头，他很想对眼前的太田静子诉说。然而和子这封讴歌"道德革命"的信，还必须深藏在他心里。仿佛一旦说出口现实就会被小说吞噬。那样一来，他可能会想跟太田静子私奔到京都。那使他感到非常害怕。他早已定下心意，至死都要将小说奉为最高的恋人。时至今日，他要彻底敞开内心进行创作。长久以来，他的创作正如他自己，一直违背内心，对厌恶之人也笑脸相迎，留下了许多谄媚文字。他需要一个格外强韧的女性陪在身边。而他不久前在三鹰露天小摊上结识的美容师山崎富荣女士，正是他认为的不二人选。

太田静子决计想不到太宰竟在雨中流泪。她一动不动地坐在长椅上，好似那就是对冷漠之人的些许反抗似的。然而，她明明很想回下曾我，却一直未能起身，果然还很想待在太宰身边。野原先生回忆道，当时母亲肩膀微颤，兀自默默流泪。

傍晚，雨势终于小了一些。太宰给太田静子画了一幅肖像画。白和翡翠绿勾勒的面庞，明显是张哭泣的脸。而太宰在作画时，一直抿着嘴，不发一言。

天放晴了，母亲捧着嵌在白画框里的肖像画，在太宰与野原先生的陪同下走进三鹰站检票口。别离之际，她发现自己还什么话都没说。她必须说点什么。

她问："您每天都像昨天那样喝酒吗？"

太宰露出了寂寥的微笑。

"再见。"

说完她头也不回地走上了站台楼梯。她并没想到，那竟是两人的永别。

或许，母亲当时本可以回头看看。只是没能说上几句话的落寞，让她抗拒了那种冲动。当时太宰治看着她的背影，想必也险些流下眼泪吧。

太田静子回到下曾我后，换上白睡衣躺到了床上。

但她并没有死。

"我不该跟通一起去。"

她反复念叨着这句话。同时,她又反复想起躺在樱井画室长椅上,半梦半醒间做的梦。一名身穿白衣、如同天使的女孩子出现在梦中,对她柔声传达谕告:"回下曾我去吧。"她感觉,那女孩子有点像太宰的长女园子。母亲在梦中哭着点点头。当她坐在山庄外廊发呆时,对面西久保家的女孩百合子朝她跑了过来。

"阿姨,你要生小孩了吗?妈妈告诉我的。"

齐刘海的百合子脸蛋光滑圆润,就像《阿尔卑斯山的少女》中的海蒂那样。她感到,画室梦境带给她的痛苦,似乎渐渐缓解了。

母亲牵起她的小手,轻轻放在肚子上。她已经告诉西久保夫人,太宰就是腹中胎儿的父亲。尽管得到了西久保一家的祝福,母亲还是为未婚生子感到羞耻。然而她是做好了这种准备,才决定为喜欢的人生孩子的。对我而言,那种畏缩的心情反倒有些意外。那应该是受到了太宰不愿跟她说话的影响。她从一开始就明白,太宰在想方设法回避两人独处。

即将进入梅雨的六月十日傍晚,她头一次感到胎动。很快,她便到城前寺的小屋把这件事告诉了小亚。小亚非常高兴,当天晚上还到山庄住了一晚。当时小亚已经有了被母亲称为"小疙瘩"的儿子,同时也检查出怀有身孕,会比母亲晚一个月分娩。两人便商量起待产事宜。武也越来越频繁地往返于下曾我和平塚东芝工厂,想必是有点担心怀着身孕的姐姐吧。他原本反对姐姐给有家室的太宰生孩子,但那个时候也开始期待新生婴儿的模样了。

此时,她总算给大和田的舅舅寄去了商谈信件。她甚至不知道,自己能否继续住在属于舅舅好友加来金升先生的山庄里。她在信中说:"我想到舅父每天去的丸之内酒店与您面谈。"可是迟迟得不到回复。她可以想象严谨保守的舅父那一脸的不悦。

母亲想在下曾我生下孩子。若去了东京,她怕自己会忍不住想到太宰和美知子夫人,从而陷入痛苦。她想静静地待在下曾我,等候太宰来访。

可是她又不由自主地想，太宰可能不喜欢下曾我。总是曾无数次说"下曾我是个好地方"，一旦知道孩子即将在这里出生，是否就突然厌恶了呢？她心情沉重地躺在床上。时至深夜，《儿时的丘比特和赛琪》突然连画带框掉了下来。画框玻璃摔得粉碎，让她突然醒悟，自己与太宰的恋情果真完结了。这些她都写在了六月末的日记里。

大和田的舅舅迟迟没有回信，我觉得那也理所当然。他十分敬爱姐姐太田纪沙女士，也决心照顾外甥女静子的生活。然而，舅舅站在希望外甥女获得良缘的立场上，很难理解她这种行为。他觉得很对不起太宰家的夫人。

母亲又拿了一件白色友禅和服到西久保家。她觉得，百合子长大后穿上这件和服一定很好看。用和服换来大米那天，她与西久保夫人商量好，十一月请附近的接生婆来给她接生，因为那样最省钱。

"我希望孩子健康强壮。那位先生总是喝很多酒。我从小就是个神经质的孱弱孩子。今后定要保持开朗的心情。太田纪沙女士一定会在天上保佑我们。我将不再哭泣。"她在日记中写道。她读了赛珍珠《母亲的肖像》后，也想成为一个坚强的母亲。

然而第二天的日记中，她又留下了这些文字："我很不安，很想一死了之。好痛苦。"太宰始终没有联系她。

七月三十日的日记开篇写道："去国府津买来《新潮》七月号，以及育儿书。"《新潮》七月号上刊登了《斜阳》的第一次连载。这个消息或许来自住在东京的通。其实她应该能更早读到才对。

> 我本担心日记丝毫派不上用场惹他生气了，不过看第一篇连载，感觉用上了一半，我格外欣喜。

她在日记中这样写道。这下她终于有勇气给太宰写信了，甚至有心情请他将约定的一万日元汇过来。

> 月内将汇一万元 请安心

很快，母亲就收到了这封电报。

母亲第一次在日记中称呼太宰为"孩子他爸"。

　　孩子他爸,请您一定要保重。不要再痛苦下去……

她有种感觉,太宰一定也很怀念下曾我。不过她做梦都想不到,连那封电报都是太宰托新情人山崎女士发来的。正巧那段时间,母亲在下曾我车站前碰到了尾崎一雄的夫人松枝女士。
"秋末就要生下孩子了。"
母亲鼓起勇气说完,松枝女士仿佛早就知道了,只是看着她隆起的大肚子用力点点头。松枝女士并没有问孩子父亲是谁,太田静子也没有说。

十一月十二日,一个女婴降生。通专门到三鹰的工作室走了一趟,要来了太宰的证明书。太宰取了名字中的一字,给孩子取名"治子",母亲格外高兴。她在日记中写下了一行跃动的字:"日本第一好男人。"着实让人感到害羞。

"若金钱方面有困难，请随时告诉我。"

把证明书交给通时，太宰还说过这么一句话。当时正好在场的野原先生记了下来。想必，通也把那句话告诉了母亲。因此她才觉得，自己面对大和田的舅舅更有底气了。

"我要一个人抚养孩子。"

自己主动断绝亲缘的感觉实在太好了，然而那句话并不正确。她只是想，既然不依赖叔父，只要依赖孩子父亲太宰就好了。这充其量只是槲寄生的活法。太田静子丝毫没有独自工作养育孩子的决心。在考虑今后以"未婚母亲"身份与孩子相依为命的困难方面，母亲对现实太过无知了。

《新潮》七月号开始连载的《斜阳》，到十月号和子的信便告完结。

> 马利亚即使生下不是丈夫的儿子，只要马利亚满怀自豪，也会成为圣母和圣子。

生下所爱的人的儿子,养育他成长,这就意味着我道德革命的完成。

信中每一句话都深深触动了母亲内心。直到太宰死后,母亲才意识到,在现实面前,"未婚母亲"马利亚的自豪经不住半点推敲。

十二月,新潮社出版《斜阳》单行本,瞬间成为最畅销书。而此时,她最担心的是太宰治的身体。昭和二十三年四月,母亲在日记中写下:"孩子他爸,请您不要死。我任何时候都会跟随您。"读到这些文字,我心中满是惆怅。她这是在说,因为有了治子,她才没有死。当时我刚出生五个月。如果太宰死了,他的孩子该怎么办?莫非太宰比孩子更重要吗?母亲虽然决心像《斜阳》里和子信中所述的那样活下去,可一想到太宰,她就把那个决心忘到脑后了。

昭和二十三年六月十三日深夜,太宰治与山崎富荣女士在玉川上水投河自尽。母亲当时很是感慨，只有山崎女士才能陪他走到这一步，而她绝对做不到。在决意死亡之际，太宰心中活下去的愿望反倒愈发强烈了。他像哈姆雷特那样，直到最后一刻都无法停止内心的动摇。

　　投水前一天下午，太宰治穿着白衬衫、踩着木屐，独自跑到大宫去找筑摩书房的古田晁先生。太宰对古田先生信任有加，此次造访恐怕是为了寻求他的救赎。然而古田先生却没在家中。他当时回了家乡信州，正在为太宰到御坂峠静养筹备粮食。得知古田先生不在时，太宰心中受到了多大的打击呢？他一定感觉到，一直潜伏在背后的"死"突然露出微笑，来到了他身旁。

　　投水之后，人们在他工作室桌上找到了太田静子的日记。或许，对无意中摘抄了大量日记内容一事，太宰还是非常害怕的。我想，他在面临死亡时，强迫性焦虑也愈发强烈，甚至想到了自己可能被起诉。他脑中想到的并非太田静子，而是正气凛然的弟弟通。这样一来，又让他十分眷恋自己与美知子夫人组成的家庭了。他心里可能会想，自己果然是个异常拘泥于传统道德观的人。

他借《斜阳》中的和子之口说出了"我因无视旧道德和有个好孩子而感到满足"这种话,同时却一直怀抱着与之相反的观念。尽管如此,太宰治最后还是坚持自己为文学献身的意志,选择了死亡。

> 那个人诚实而正直,从不遮掩真实面孔。
> 古往今来的历史中,勇气如他者寥寥无几。
> 连基督都只在被人杀害之际才面对死亡,可见那人面对宿命的从容和坦率,实属人间稀有。

不知母亲何时写下了这些文字。不久前,这张字迹潦草的便笺从母亲的旧手札中滑落下来,彼时我才意识到,如今我也对太宰有着同样想法。夏末黄昏,我与万里子走在下曾我蜿蜒的坡道上。总有一天,我也要把这种心情告诉女儿。

AKARUI HOU E
Copyright © 2009 Haruko Ohta, All rights reserved.
Original Japanese edition Published by Asahi Shimbun Publications Inc., Tokyo.
Chinese translation rights in simplified characters arranged with
Asahi Shimbun Publications Inc., Tokyo.
Through YIYUAN HEJUAN Agency, Inc., Peking

著作版权合同登记号：01-2018-6461

图书在版编目（CIP）数据

向着光明：父亲太宰治与母亲太田静子 ／（日）太田治子著；吕灵芝译．
—北京：新星出版社，2018.11（2019.4 重印）
ISBN 978-7-5133-3188-3

Ⅰ.①向… Ⅱ.①太… ②吕… Ⅲ.①回忆录-日本-现代 Ⅳ.①I313.55
中国版本图书馆 CIP 数据核字（2018）第 208177 号

向着光明：父亲太宰治与母亲太田静子

[日] 太田治子 著；吕灵芝 译

策　　划：西局书局	特约编辑：白华昭
责任编辑：王　萌	责任校对：刘　义
责任印制：李珊珊	封面设计：冷暖儿

出版发行：新星出版社
出 版 人：马汝军
社　　址：北京市西城区车公庄大街丙3号楼　　100044
网　　址：www.newstarpress.com
电　　话：010-88310888
传　　真：010-65270499
法律顾问：北京市岳成律师事务所

读者服务：010-88310811　service@newstarpress.com
邮购地址：北京市西城区车公庄大街丙3号楼　　100044

印　　刷：北京市松源印刷有限公司
开　　本：787mm×1092mm　1/32
印　　张：9.5
字　　数：129千字
版　　次：2018年11月第一版　2019年4月第二次印刷
书　　号：ISBN 978-7-5133-3188-3
定　　价：58.00元

版权专有，侵权必究；如有质量问题，请与印刷厂联系调换。